チポロ

Chiporo

Yukimushi Sugano

菅野雪虫

講談社

チポロ

序《じょ》　この世の始まりの話

この世界は、兄弟である二人の国造《くにづく》りの神が創《つく》った。

二人の神は、海と大地を創り、草木を創り、鳥や獣《けもの》を創った。そして最後に人間を創り、天上に帰ったが、その時、鍬《くわ》を地上に忘《わす》れていった。

それはアカダモの木で作られた鍬だった。生まれたばかりの大地に置かれたアカダモは、日の神の恵《めぐ》みを受け、雨に打たれているうちに、根が生え、芽が伸《の》びて、一本のみずみずしい若木《わかぎ》となった。

アカダモの木は、この世界に初めて根付いた木だった。その皮は糸となり衣《ころも》となり、その幹《みき》は暖《あたた》かな火としてよく燃《も》えた。

人々に豊《ゆた》かな恵みを与《あた》えるアカダモの女神《めがみ》は、チキサニといった。

チキサニは美しい女神だった。

久《ひさ》しぶりに地上を見下ろした国造《くにづく》りの神たちは、美しい女神《めがみ》がいるので驚《おどろ》いた。特に弟神の方は、一目見てチキサニが気に入った。

弟神は何度も地上に降《お》り、やがてチキサニは一人の男の子を産んだ。

男の子は、オキクルミと名付けられた。オキクルミは生まれ育った地上を愛し、長くそこで暮《く》らしていたが、やがて天上に去っていった。

それにはこんな理由があった。

地上の国が創《つく》られて月日がたつうちに、人間たちはどんどん欲深《よくぶか》く愚《おろ》かになっていった。他人の暮らしを妬《ねた》み、働かず、怠《なま》けているうちに、大地は荒《あ》れていった。

オキクルミはそんな人間たちに愛想《あいそ》を尽《つ》かし、神々のいる天上を選んだのだ。

オキクルミには妹がいた。

オキクルミはその妹のことを大切に思っていた。妹もまたオキクルミを大切に思っていたが、兄と違《ちが》って人間をあきらめきれなかった。

「兄さん。人の心がすさんでいるのは、この飢饉《ききん》のせいです。きっとお腹《なか》がいっぱいになれば、心も満ち足りるでしょう。どうか、食べ物をお与《あた》えください」

妹は兄に頼《たの》み、手に入れた食べ物を毎夜、一番貧《まず》しい人々のもとに運んだ。

妹は夜、人々が寝《ね》しずまると、そっと戸口のすきまから食べ物をさし入れた。

人々はだれからとも知れぬほどこしに感謝《かんしゃ》したが、それが続くうちに、よこしまな考えを持つ男が出てきた。こっそり夜中に起きて、戸口からさし出された手を見た男は思った。

「なんという美しい手だろう！　手があんなに美しいのなら、顔もどんなにか美しかろう」

男は夜を待った。日がしずみ、月がのぼり、再《ふたた》び男のあばら家に食べ物を持った手がさし入れられた。男はその手を夢中《むちゅう》で引《ひ》っ張《ぱ》った。

「ああっ！」

その様子は、天上から妹を心配して見ていたオキクルミの目にも映《うつ》った。妹が家に引《ひ》き込《こ》まれるのを見たオキクルミは激怒《げきど》した。

「よくも妹を。この汚《けが》らわしい人間が！」

そう言うなり、雷《かみなり》となって地上に降《お》りると、妹を助け出し、男と家を焼いた。

そしてオキクルミは妹を連れてノカピラへ移《うつ》った。人間の国の外れにある、神の国にもっとも近い場所だった。

しかし、そこでも妹は人間たちを思って毎日泣《な》き暮《く》らした。その様子を見て、腹《はら》立《だ》たしくも不憫《ふびん》に思ったオキクルミは、灰《はい》の上に人間たちの国・アイヌモシリの絵を描《えが》いてやった。

なだらかな山々に豊《ゆた》かな川が流れ、こんもりとした森がしげり、鳥や獣《けもの》や人間たちが暮《く》らす、みごとな絵だった。彫《ほ》り物《もの》が得意なオキクルミの渾身《こんしん》の作だった。

「ああ、地上は美しい。今もこの地に吹《ふ》く風や、花の匂《にお》いや、鳥の声が聞こえるようだ」

オキクルミでさえそう思った。

しかし、灰の絵を眺《なが》めていた妹は首をふった。

「これは絵です。灰ですもの、いつかは崩《くず》れて消えてしまう」

妹の言葉にオキクルミは怒《おこ》った。

「それほど言うなら、おまえだけこの地上に残るがいい！」

雷鳴《らいめい》とともに、妹神はたった一人で地上に残された。

（アイヌの神話より）

目次

装画…笹井一個
装丁…大岡喜直（next door design）

一、ツルの神の語り

晴れた秋の空を、鳥になった私《わたし》が飛んでいると、浜辺《はまべ》に貧《まず》しい家の子どもと、豊《ゆた》かな家の子どもがいた。子どもたちは、鳥の群《む》れに向かって矢を射《い》ていた。

豊かな家の子どもの、いい弓で射る矢は次々と鳥に当たった。貧しい子どもの粗末《そまつ》な矢は、なかなか当たらなかった。

豊かな家の子どもは、貧しい家の子どもを馬鹿《ばか》にした。

私はかわいそうになって、貧しい家の子どもの、最後の矢に当たってやった。

矢が胸《むね》をつらぬき、私は空から落ちた。砂《すな》の上に落ちた私の体を見つけ、子どもは嬉《うれ》しそうに笑った。

私をかかえ上《あ》げて腕《うで》に抱《だ》き、子どもは走った。

二、チポロとツルの神

真っ青な秋の空から、大きな白い鳥が落ちてきます。波打ちぎわに落ちた白い鳥に向かって、チポロは一心に走りました。何度つくろってもやぶれてくるサケの皮の靴《くつ》の先から、砂《すな》がばさばさ入ってきますが、今はそんなこと気になりません。

ぬれた砂の上に、目を閉《と》じた一羽のツルが横たわっています。しずかに目を閉じたツルの白い体は、たしかに自分の射《い》た矢がつらぬいていました。

(本当に、俺《おれ》が仕留《しと》めたんだ……)

チポロは信じられない思いでツルを見つめました。立《た》ち尽《つ》くすチポロの周りには、追いついた子どもたちが次々と集まってきます。言葉の出ないチポロに代わって、幼《おさな》なじみのイレシュが矢を指さして叫《さけ》びました。

「ほら、やっぱりチポロの矢よ!」

イレシュのよく通る大きな声に、周りからわっと声が上がりました。

「やったぁ！」

「チポロすげえ！」

仲間内では一番背《せ》も低く、やせっぽっちで狩《か》りも下手なチポロにとって、初めての大きな獲物《えもの》に、子どもたちは驚《おどろ》き、顔を見合わせました。

「やるなあチポロ」

「ぜったい、無理だと思ったけどなあ」

「いいなあ」

「いいなあ」

という声に包まれながら、チポロはそっとツルの体を抱《かか》え上《あ》げました。

「軽い……」

と呟《つぶや》いたチポロは、「でも、重い」と言い直しました。

「どっちなの？」

イレシュの問いに、チポロは答えられませんでした。この大きさのほかの獣《けもの》だったなら、もっとずっと重いでしょう。でも、あの空を大きく高くはばたく鳥たちには、重さなんてないような気もしていました。

これはたしかに、ほんの少し前まで翼《つばさ》を動かして飛んでいた、生きていたんだ。自分の矢で射《い》落《お》とされるまでは――。チポロはツルを抱《だ》き上《あ》げたまま、矢がつらぬく白い羽毛《はねげ》に触《ふ》れました。指先に赤い血がつき、心臓《しんぞう》をぎゅっとつかまれたような痛《いた》みに襲《おそ》われましたが、それよりもふつふつとわき上がってくる喜びの方が勝《まさ》っていました。

「……やった！　やったー！」

チポロはツルを抱きしめて走り出しました。

「待ってよ、チポロ！」

うしろからイレシュの声が追いかけてきました。

「弓忘《わす》れてる！」

「あ、いけね」

喜びのあまり、一つしかない大事な弓を、浜辺《はまべ》に忘れていくところでした。

チポロは立ち止まってツルを抱《かか》えたままふり返り、イレシュから砂《すな》まみれの弓を受け取ろうとしました。しかし、矢の刺《さ》さったツルの体がぐにゃりと落ちそうになり、それを支《ささ》えると、もう片方《かたほう》の手ではうまく受け取れません。見かねてイレシュが言いました。

「いいわよ。家まで持っていってあげるから」

「ありがと！」

イレシュは、いつもこんなふうに優《やさ》しくて、同じ年でも姉さんのようでした。そのイレシュのうしろには、自分をうらやましそうに見ているたくさんの顔があります。

チポロが周りからうらやましそうに見られるなんて、何年ぶりでしょう。いや、生まれてから九年とひと月で初めてのことかもしれません。チポロは自分の背丈《せたけ》が、急にぐんと伸《の》びたような気がしました。けれど子どもたちの中には、チポロをうらやましそうに、ではなく、憎々《にくにく》しげに見ている者もいました。

それは村長の息子《むすこ》のプクサでした。体の大きなプクサは足の速さもケンカも漁も、弓矢の腕《うで》もこの村の子どもの中では一番です。いつもはチポロなんか、すべて足もとにも及《およ》びません。だけど、今日に限《かぎ》ってこんな大きな鳥が、チポロのひょろひょろした矢に当たったのです。奇跡《きせき》としかいいようがありませんでした。

「運がよかったんだ、あいつ」

と、プクサは吐《は》き捨《す》てるように言いました。

「ああ、まるで鳥が自分から当たったみたいだったぜ」

「そうだ。そうだよ」

プクサと、いつもいっしょの二人がうなずき、三人は子どもたちの群《む》れから離《はな》れました。

集落の外れの、細い川のほとりに、チポロの家はありました。

チポロが生まれた頃《ころ》に、父が造《つく》った小さい粗末《そまつ》な家です。屋根は雨漏《あまも》りがするし、壁《かべ》には穴《あな》が開いています。

「ただいまー!」

チポロは勢《いきお》いよく家の中に入りました。チポロの家の中に入った者は、中が見かけほど汚《きたな》くもなく、傷《いた》んでもいないことに驚《おどろ》くでしょう。それは家を切《き》り盛《も》りする祖母《そぼ》のチヌのおかげでした。働き者のチヌは、年寄《としよ》りのため家を建て直したりはできないものの、このたった一人の孫のために、毎日床《ゆか》のほこりをはき、こまめにむしろを日に干《ほ》して、いつもきれいで過《す》ごしやすいように気をつけていたのです。

「おや、お帰りチポロ。どうしたんだい?」

息せき切って帰ってきたチポロの顔に、チヌは少し驚きました。いつもの孫は、こんなに意気《いき》揚々《ようよう》と外から帰ってくることはありません。たいてい獲物《えもの》がないことを恥《は》じるようにこっそりと、あるいはふてくされて入ってくるのです。

「おばあちゃん、はい!」

チポロがさし出した大きなツルに、チヌは目を丸くしました。

「おやまあ、だれにもらったの?」

「もらったんじゃないよ!」

と言うチポロに、うしろから入ってきたイレシュが続けました。

「チポロが自分で獲《と》ったのよ」

「本当かい?」

「本当だよ!」

「信じてあげて」

イレシュにそう言われてやっと信用したのか、チヌはツルに向かって手を合わせました。

「ありがたい、ありがたい。それじゃ、さっそく〈魂送《たまおく》り〉の儀式《ぎしき》をしよう」

「うん!」

チヌはツルを受け取り、いったん床《ゆか》にそっと寝《ね》かせると、糸を作るために叩《たた》いていたオヒョウの皮を片付《かたづ》け、〈魂送り〉の儀式の準備《じゅんび》を始めました。イレシュはそれを見てチポロに言いました。

「じゃあ、あたしこれで帰るわね」

「うん、今日はありがとう。イレシュのおかげだよ」

「チポロががんばったのよ」

イレシュはそう言って、チポロの頭をなでました。

「やめろよ」

小さな弟にするようなしぐさに、チポロが怒《おこ》ると、イレシュは笑って家を出ていきました。チポロが見送ると、イレシュは柳《やなぎ》の木の向こうへと歩いていきます。ほんの少し先に数軒《すうけん》の家が並《なら》んでいます。チポロの家より少し大きいのがイレシュの家でした。

「チポロ、おまえも来なさい」

家の中からチヌの声がしました。

「うん。今行くよ」

チポロは再《ふたた》び、家の中に入りました。かまどの前にむしろがしかれ、チポロが獲《と》ってきたツルが横たえられています。むしろの前には、酒が入った木の器《うつわ》が置かれています。死んだツルへの供物《くもつ》でした。

チポロはチヌのうしろで、同じように両ひざをつき、手を合わせて目を閉《と》じました。

「神さま、今日はツルの姿《すがた》で我《われ》らのもとに来てくださり、チポロの矢に当たってくださってありがとうございました」

二人はツルに頭を下げました。

「どうぞ、神の国にお帰りください――」

これは鳥や獣《けもの》の姿となってやってきた神さまの魂《たましい》を送る儀式《ぎしき》です。獲物《えもの》を捕《と》らえてさばく前にはかならず行います。といっても、今ではやらない家がほとんどでした。毎日毎日、川魚や小さな鳥まで送っていたら、忙《いそが》しくて仕方がありません。こんなにこまめに〈魂送り〉をするのはチポロの家くらいでした。

それは、チポロの家では〈魂送り〉をする獲物《えもの》がそんなにとれないからです。働き手が老人と子どもだけの家で、捕《つか》まえられるものはたかが知れています。いつも食べるのは雑穀《ざっこく》のかゆと野草とキノコと草の根とイモばかり。たまに小さな魚を釣《つ》ったりもらったりすることはありますが、こんな大きなツルをまるまる食べられるなんて、チポロがものごころついてから初めてでした。

久《ひさ》しぶりに食べる肉の味を思うと、チポロの口の中に、じんわりとつばがわいてきました。

（ああ、早く食べたい！）

チポロは薄目《うすめ》を開けて、チヌの肩越《かたご》しに固く目を閉《と》じたツルを見ました。その時でした。ツルの体から、何か白い煙《けむり》のようなものがふわりと立ち上ったのは。

「あっ！」

その声にチヌがふり返り、チポロが指さす方に向き直って、声を上げました。

「ああっ！」

ツルの上に、うっすらと立ち上がる人の姿《すがた》が見えます。羽根のような衣《ころも》をまとった、髪《かみ》の長い女の人でした。

（ツルの神さま……？）

チポロは驚《おどろ》いて声も出ませんでした。女の人は、チポロとチヌを見てにっこりと笑いました。

そして水の中で聞く音のように、不思議なひびき方をする声でこう言いました。

「今日は、私《わたし》を送ってくれてありがとう。これからも、自分の捕《つか》まえた獲物《えもの》を大切に供養《くよう》して、魂《たましい》を送り返しておくれ――」

チポロは間違《まちが》いなくツルの神さまだと確信《かくしん》しました。

「は、はい」

チポロはツルの神に誓《ちか》いました。

「約束します！」

ツルの神はほほえみ、その姿《すがた》は消えました。あとにはただ、しずかに一羽のツルの体が横たわっているだけでした。

「いない……」

チポロがあたりをきょろきょろ見回していると、

「お帰りになったんだね」

と、チヌが呟《つぶや》きました。チヌは地上に残されたツルの体をそっと抱《だ》き上《あ》げました。

「大事にいただこうね。チポロ」

チポロはうなずきました。

弓の手入れをしながら、

(神さまって、本当にいるんだ)

と、チポロは思いました。

チポロは、いつもチヌの語る「鳥や獣《けもの》は神さまからの贈《おく》り物《もの》だ」という話を、疑《うたが》っていたわけではありません。だけど獲物《えもの》はどうしても強い弓を持った、うまい狩人《かりゅうど》の手にかかります。自分のような子どもの手には、なかなかかかりません。

(神さまって、なんで、こんなに不公平なんだ?)

チポロはいつもそう思っていました。神さまがいるなら、もっと公平に、みんなの家の前に降《ふ》ってきてくれればいいのに、と。

「チポロ」

ツルの羽根をむしっていたチヌが呼《よ》びました。

「これをイレシュに持っていって」

「うん」

一番きれいな尾《お》の羽根を二本受け取って、チポロはイレシュの家に走りました。

イレシュの家には両親と祖父母《そふぼ》と二人の弟がいます。このあたりでは珍《めずら》しくない人数ですが、チポロの家に比《くら》べたら大家族でした。

「あら、チポロ。イレシュに聞いたわよ。今日はすごい獲物《えもの》を射止《いと》めたんだってね」

イレシュの母さんが言いました。すらりとしたイレシュにはあまり似《に》ていない、背《せ》が低くてころころしたおばさんですが、黒目がちの大きな目は似ていました。

「うん。イレシュは？」

「夕飯に使う水をくみに行ってるわよ」

「じゃあ、これ渡《わた》して」

「うわあ、立派《りっぱ》ねえ。この尾羽根《おばね》の長さで、鳥がどんなに大きくてみごとだったかわかるわ。ほんとにすごいねえ」

「へへへ……」

何度もほめられて、チポロはいい気持ちでした。どうしてイレシュの家の人はみんな、こんなに人をいい気持ちにさせてくれるのでしょう。

チポロは飛《と》び跳《は》ねるように走って家に帰りました。家からは、えもいわれぬいい匂《にお》いがしていました。

「うわあ、美味《うま》そう。いただきます！」

囲炉裏《いろり》の前に座《すわ》って、チポロはまず鳥の骨《ほね》と干《ほ》したキノコを煮込《にこ》んだ汁《しる》をすすり、それからいよいよ塩をふって焼いたもも肉にかぶりつきました。ぱりっと焼けた皮から、こうばしい脂《あぶら》が口の中にあふれてきます。

「美味《うま》い！」

「本当においしいねえ」

チポロはチヌと、お腹《なか》がいっぱいになるまでツルの肉を食べました。走って走って疲《つか》れた体に、鳥の力がしみわたっていくのがわかりました。鳥の皮が自分の皮になり、鳥の肉が自分の肉になっていくのです。しなやかで丈夫《じょうぶ》な皮は、体を守り、傷《きず》をつきにくくし、柔《やわ》らかくて弾力《だんりょく》のある肉は、よく動き、疲れにくい体をつくるでしょう。あの、大空を舞《ま》う鳥のように。

（神さま……どうも、ありがとう……）

チポロはその夜、久々《ひさびさ》に身も心も満《み》ち足《た》りて、ぐっすりと眠《ねむ》りました。

三、柳《やなぎ》の木の伝説

満腹《まんぷく》で体が温まったせいか、チポロは春の夢《ゆめ》を見ました。

春の夢はいつも、柳の木のそばでした。細い枝《えだ》に、薄《うす》い緑の葉が芽吹《めぶ》き、風に揺《ゆ》れています。

その下には、つややかな長い髪《かみ》の女の人がいました。このあたりでは見たことのない、長い衣《ころも》の袖《そで》を揺らし、細い指先から柳の葉をぽつりぽつりと川に落としています。

〽シルン　カムイ　ネゥン……

女の人は、なにか歌っていますが、チポロにはよく聞こえません。子守唄《こもりうた》のような、祈《いの》りのような、不思議な歌です。

(母さん?)

チポロは柳の木に寄《よ》っていきますが、風にそよぐ柳の枝が邪魔《じゃま》になり、なかなか母の顔をはっきりと見ることはできません。

（母さん、なにやってるの？）

母は顔を上げます。その時ちょうど風が強く吹《ふ》いて、母の顔に髪《かみ》がかかりました。

（あっ！）

気がつくと、柳《やなぎ》の下に母はいませんでした。

その代わりに、やせた男の人が柳の木に寄《よ》りかかり、草の上に座《すわ》っていました。男の人の顔には痛々《いたいた》しいやけどのあとがあります。

「父さん！」

小さなチポロは走っていって、ぽん、と父のひざの上に座りました。チポロが四歳《さい》の時に大イノシシの牙《きば》の傷《きず》がもとで亡《な》くなった父のことを、あまり覚えていませんでしたが、そのひざに座りながら、父の顔をさわるのが好きでした。父は右半身に大きなやけどがあり、顔は右の耳の下からあごにかけて引きつれ、そこにはひげが生えていませんでした。チポロがざらざらのひげと、つるつるの肌《はだ》を交互《こうご》になでると、父はくすぐったそうに笑いました。

「父さん、どうしてここにはひげがないの？」

「焼けたからだよ」

「どうして焼けたの？」

「雷《かみなり》に打たれたからさ」

「どうして雷に打たれたの？」

「…………」

父は少し、間を置いて言いました。

「罰《ばつ》だよ。悪いことをする人を、止められなかったからさ」

「じゃあ、父さんが悪いことをしたわけじゃないじゃない」

「……でも、止められなかったからさ」

「ふうん……」

父は低い声で、母と同じ歌を歌いながら、川を見つめていました。川はおだやかに流れていましたが、急に強い風が吹《ふ》いたかと思うと、水面《みなも》が波立ちました。まるで川全体が、巨大《きょだい》な蛇《へび》のうろこのようです。晴れていた空は黒い雲におおわれ、あちこちから巨大な岩が割《わ》れるような音が聞こえ、空にひび割れのような雷が走っています。

チポロを抱《だ》く父の腕《うで》に、ざわざわと鳥肌《とりはだ》が立ちました。

「どうしたの、父さん？」

空を見上げていた父は、チポロを抱きしめて叫《さけ》びました。

「どうか……どうか……この子だけは！」

チポロはびっくりして、青ざめた父の横顔を見ました。父の顔は血《ち》の気《け》がなく、震《ふる》えていました。チポロは父が見つめる空に、目をやりました。するとそこには、大きな男の姿《すがた》がありました。雲に埋《うず》もれて体はよく見えませんでしたが、肩幅《かたはば》は広く、長い髪《かみ》を垂《た》らした男でした。

男は怒《いか》りに満ちた鋭《するど》い目で、地上を見下ろしています。なにかを探《さが》すように動いていた大きな瞳《ひとみ》は、チポロと父の所で止まりました。男は手をふりかざしました。その手の平に光が走り、雷《かみなり》が集まってきます。

(ああ、雷を落とす気なんだ)

チポロはなぜかそう思いました。そうしたら、みんな死んでしまう。自分も、父も祖母《そぼ》も。この家も隣《となり》の家も、村の家もみんな焼かれて燃《も》えて灰《はい》になってしまう――。

チポロは天に向かって、小さな手を上げました。

〽シルン　カムイ……

男が大きな目をさらに見開いて、チポロを見ました。

〽ネゥン　オマンワシム

チポロは母の口ずさんでいた歌をまねて歌いました。意味はわかりませんでしたが、魔除《まよ》けの歌のような気がしたので、この怖《こわ》い顔の人を追《お》い払《はら》えるかもしれないと思ったのです。

気がつくと、雲の中に男の姿《すがた》は消えていました。そして男のいた場所から、黒い雲をかき分けるように青空が見え、明るい日の光が射《さ》していました。

「おまえ……」

父が、信じられない、というように呟《つぶや》きました。

「おまえが、あの方を……チポロ？」

◆

鳥の声が聞こえ、チポロは目を覚ましました。チポロはときどき、もういない父や顔も思い出せない母の夢《ゆめ》を見ることがありました。そんな夢を見て目覚める朝は、いつも寂《さび》しい気持ちになるのですが、その日は少し違《ちが》いました。なぜなら今日は、朝から肉が食べられるのです。

「チポロ、ごはんだよ」

案の定、今日の朝ごはんは、昨日食べた鳥肉の残りと骨《ほね》を煮出《にだ》した汁《しる》に、イモの団子《だんご》が入っています。

「うわあ、ごちそうだあ」

一晩《ひとばん》たった汁《しる》は、骨《ほね》のうま味と脂《あぶら》が溶《と》け出《だ》して白くにごり、煮《に》くずれたイモとあいまって、とろりとしていました。寒い朝の体がほかほかと温まります。

「ごちそうさま！」

食べ終わったチポロは、すぐに弓をとりました。

「おばあちゃん。俺《おれ》、今日もいい獲物《えもの》とってくるよ」

「どうしたんだいチポロ？」

見たこともない孫のやる気に満ちた表情《ひょうじょう》に、チヌは戸惑《とまど》いながら言いました。

「チポロ。獲物は、そう簡単《かんたん》には獲《と》れないよ。神さまは何度も幸運はくれないんだからね。それにまだ昨日の肉が残ってるから、無理しなくていいんだよ」

「うん、わかってるよ。いってきます！」

そう言ってチポロは走り出しました。チヌは嬉《うれ》しさと心配が半々になりながら、チポロを見送りました。あのツルの神が、どういうわけかチポロの矢に当たったのは、きっとただの気まぐれでしょう。しかしその気まぐれが、チポロのなにかを変えたようです。

チヌはあらためて、ツルの神に手を合わせました。

チポロが暮《く》らすススハム・コタンは、三方を森に囲まれ、一方が海に向かっています。

この集落に暮らす人々は、かつてはみなひとしく貧《まず》しく暮らしていました。その理由は、村を流れる川が細く急で、サケが上ってこなかったからです。たくさんのサケが上ってくる大きな河《かわ》がある場所では、冬の食料に困《こま》ることもなく、サケを売って金品を手に入れることもできたので、とても豊《ゆた》かに暮らしていました。そんな大きな魚の上ってこないこの集落では、それでも貧しいなりに、みな助け合って暮らしていました。

しかし、今から八年ほど前の飢饉《ききん》の時、なぜかこの集落の真ん中を流れる小さな川に、上流から大量の魚が流れてきたのです。それは細いけれどぷっくりと肉がついた、銀色に光る魚でした。人々はそれを「ススハム（柳《やなぎ》の葉の魚＝シシャモ）」と呼《よ》び、喜んで捕《つか》まえました。食べきれない分は干《ほ》してほかの村に売り、物と交換《こうかん》し、この集落は栄えてゆきました。

やがてこの集落は、ススハム・コタン（シシャモの村）と呼ばれるようになりました。村は栄え、ほかの村や集落から、たくさんの人が移《うつ》り住《す》んできました。

けれど、そんな奇跡《きせき》が起こってから三年目のことでした。夏の日照りが続き、川の流れが止まってしまい、ススハムが流れてこなくなったのです。山の木々も枯《か》れ、実りは少なく、この一帯は再《ふたた》び飢饉になりました。

その年、村の人々は二つに分かれました。体の丈夫《じょうぶ》な働き手の多い家は、それまでの二年間でたくさんのススハムを獲《と》り、あちこちに売って得た金で財《ざい》を成していましたから、その財を切り売りし、別の土地から食料を買えばよかったのです。

しかし、働き手の少なかった家には、そんな財やたくわえはありませんでした。

その年はどの地も飢饉《ききん》で、ほかの村では餓死《がし》する者もいましたが、この村では幸い、飢《う》えて死ぬ者はいませんでした。しかしたくわえのない家の者は、豊《ゆた》かな家に食料や金品を借りねばなりませんでした。そしてその借りは、次の年もなかなか返せず、むしろ増《ふ》える者もいました。借りを返そうと、無理に働きすぎて体を壊《こわ》したり、賭《か》け事《ごと》をして失敗した者もいたからです。

村は、その飢饉の年を境《さかい》に、大きな家に住む豊かな者と、小さな小屋に住む貧《まず》しい者とに分かれました。

そんな話を、チヌや年寄《としよ》りたちから聞くたびに、チポロは思いました。

（ススハムなんか流れてこなきゃよかったのに。そうすれば、みんなで貧乏《びんぼう》なままだったんだ）

その方がよかった、とチポロは強く思いました。

チヌの言ったとおり、その日のチポロはなにも獲物《えもの》をとることはできませんでした。一度大きな獲物をとったからといって、毎日かならず獲物がとれるようになるほど人生は甘《あま》くありません。しかし、一度大物を仕留《しと》め、自信をつけたチポロは変わりました。

「どうせ、俺《おれ》は狩《か》りが下手なんだから、なにやったって無駄《むだ》さ」

と思って、以前のチポロなら、だらだらと歩き回り、

「いい獲物《えもの》がないな」

とぼやいていたところを、

「この季節なら、こっちの山の方がいるかもしれない」

と、自分で考えるようになったのです。そして、そうして探《さが》した獲物のいそうな場所には、かならず、同じように考えてやってくる者がいました。そういう大人には、

「よう、チポロ。一人でこんな所まで来たのか？　このあたりに目をつけるなんて、すごいじゃないか。この季節はなにもないが、夏になるとヤマシギがけっこう獲《と》れるんだぜ」

と、教えてもらえることもありました。もちろん、そんな優《やさ》しい大人ばかりではなく、

「ここは俺が先に見つけた場所だぞ。ガキは出ていけ！」

と怒鳴《どな》られることもありました。そういう時は「森に名前でも書いてあるのかよ」と思いつつも怖《こわ》くて言えないので、

（そうか。やっぱり、このあたりが穴場《あなば》なんだな）

と、その地形や生えている草木を、頭に叩《たた》き込《こ》みました。

生まれる前に祖父《そふ》が亡《な》くなり、父も早くに亡くしたチポロは、ほかの少年たちのように、手取り足取り男親からなにかを教えてもらったことはありませんでした。けれど今ではもう、小さなころと違《ちが》ってだれかに教えてもらわなくても、人の技《わざ》と知識《ちしき》を盗《ぬす》むことができます。そのきっかけを、あのツルの神が与《あた》えてくれたのでした。

またチポロはあの日から、頭を切《き》り替《か》えるということを覚えました。獲物《えもの》のない日は、いつまでもだめだと悔《く》やむのではなく、

(今日は弓でいいものは獲《と》れそうにないな。ほかの方法を探《さが》そう)

と、考えるようになったのです。悪い日もあれば、いい日もある――そう思っていると、獲物をあきらめた帰り道に、キノコをどっさり見つけるようなこともありました。

「チポロ、なんだかこのごろ変わったね」

チポロが山ほど採《と》ってきたキノコの入った汁《しる》を食べながら、チヌは目を細めました。

「うん。なんだかこのごろいいことばっかり起こるんだ」

孫の言葉に、チヌは笑いました。

「それはチポロが毎日いいことを探してるからだよ。家の中でごろごろして文句《もんく》ばかり言ってる人間に、いいことは起きないよ」

なるほど、と思いつつ、チポロは首をかしげました。

「でも、おばあちゃん。俺《おれ》、前だっていいことは探《さが》してたよ?」

「じゃあ、探し方が変わったんだね」

「そうなのかなあ」

まあいいや、とチポロはキノコ汁《じる》をおかわりしました。チポロは肉も好きでしたが、キノコも大好きでした。


赤や黄に染《そ》まった葉はすっかり落ち、空には南へゆく真雁《まがん》たちの群《む》れが見えました。北からの風はいよいよ強さを増《ま》していました。

チヌはチポロの新しい靴《くつ》を作り、衣《ころも》のえりや袖《そで》には雪や雨風が吹《ふ》き込《こ》まないように、毛皮をしっかりとぬいつけました。そうして作ってもらった衣を着ると、チポロはすべての獣《けもの》たちの力が、自分の中に宿ってくるのを感じました。野ウサギの敏捷《びんしょう》さ、キツネの賢《かしこ》さ、イタチの素早《すばや》さ……チポロはそれらを身にまとい、山の中を歩き回っていると、自分がすっかり山の生き物になったような気がするのでした。

そんなある日、チポロは久《ひさ》しぶりに山でイレシュを見かけました。

「イレシュ」

と、うしろから声をかけると、イレシュはびっくりしてかごを取り落としました。

「ううん。全然気づかなかったわ。チポロ、気配を隠《かく》すのがうまくなったね。弓の腕《うで》だけじゃなくて。だから獲物《えもの》がそんなにとれるんだわ」

「あっ、ご、ごめん」

イレシュのかごから落ちたのは、ぷっくりと太って、中の甘《あま》い実をのぞかせるアケビでした。

チポロが全部拾って戻《もど》そうとすると、イレシュはそのうちの二つを、チポロとチヌにとさし出しました。

「いいの？」

「うん。もともと、帰ったら持っていくつもりだったの」

そう言われて、チポロはありがたく受け取ることにしました。種が多く、もちゃもちゃしたアケビはあまり好きではありませんでしたが、チヌの大好物でした。

「最近、すごく遠くまで行ってるんだって？」

「うん。まあね」

と答えたチポロは、「うわっ！」と飛び上がりました。

「なに？」

「そ、そこ！」

チポロはイレシュの足もとを指さしました。

「え？」

イレシュのすぐうしろのやぶの根もとには、小さな蛇《へび》が動いていました。

「なんだ、これは毒蛇じゃないわよ」

「でも、気持ち悪いよ。目が片方《かたほう》にごってる」

目がにごってるなんて、毒蛇じゃなくても病気を持っているかもしれません。チポロはぞっとしました。ただでさえ蛇は嫌《きら》いなのです。しかしイレシュは体をかがめ、じっと蛇をのぞき込《こ》みました。

「にごってるんじゃないわ。目の色が違《ちが》うのよ。こっちは金色だけど、こっちは銀色よ」

イレシュは銀色だと言いましたが、チポロにはよどんだ灰色《はいいろ》にしか見えませんでした。どのみち気持ち悪いことには変わりありません。このあたりでは、蜘蛛《くも》を見るといいことがあると言われていますが、蛇はその逆《ぎゃく》でした。

「なんか、体にからまってるみたいね」

「うわっ！　やめろよ」

イレシュは、蛇にからまっていたツタを引《ひ》っ張《ぱ》りました。ツタは乾《かわ》いて硬《かた》くなっていたのか、ぽきりと折れる音がして、そのとたんに蛇はしゅっと逃《に》げていきました。

「ああ、よかった」

と、ほほえむイレシュに、チポロはあきれて言いました。

「よくできるなあ」

「だってかわいそうじゃない」

「もう、日が暮《く》れるよ。帰ろう」

「うん。そうね」

イレシュが歩きながら言いました。

「ねえ、チポロ知ってる？ 大ジカのこと」

「大ジカ？」

「このごろ普通《ふつう》の鹿《しか》の倍もあるような大きな鹿が、夕暮れを過《す》ぎると森の中から現《あらわ》れるの。そして畑を荒《あ》らすから、森のそばに住む人たちはみんな困《こま》ってるわ」

「へー、知らないなあ」

「十日くらい前かな、さいしょに見た人が出たのは。はじめはみんな、間違《まちが》いだとか、大げさに話してるんだろうって言ってたんだけど……」

そのうちにたくさんの人が目にするようになったのだとイレシュは言いました。そして大ジカだけでなく、耳をつんざくような大声で鳴く鳥や、コウモリの大群《たいぐん》といった、気味の悪いものが、次々と村の近くで見られるようになったというのです。

ツルの神に出会ってから、チポロの家にはいいことばかり起こりましたが、村全体ではそうではありませんでした。

「なにか、大きな悪いことの前ぶれじゃないかって、みんな噂《うわさ》してるわ」

「そうなんだ」

チポロはあまり興《きょう》味《み》がわきませんでした。もともとチヌもチポロも、村に知り合いは多くありません。特に最近、チポロは朝早く村を出て暗くなるまで帰らないので、人々の噂を聞くこともありませんでした。

「のんきね、チポロは」

「イレシュはどう思うんだ？」

「…………」

イレシュは黙《だま》り込《こ》みました。

（あれ？）

とチポロは思いました。やたら怯《おび》えたように言うなら「怖《こわ》がり」と笑ってやろうと思ったのに。そうではない、なにか物憂《ものう》げな顔をしていました。

チポロとイレシュがいっしょに村の入り口に帰ってくると、出迎《でむか》えるように現《あらわ》れた人影《ひとかげ》がありました。プクサとその仲間たちでした。

「どうしたのよ。みんなおそろいで」

イレシュが聞くと、

「俺《おれ》たち、村を守ってるんだ」

と、プクサと二人の仲間は胸《むね》を張《は》りました。チポロには、なんだかその様子が、ひどく幼稚《ようち》に見えました。さっさと行こうとしたチポロに、プクサは言いました。

「最近、ぶっそうなことが多いからさあ。だれかさんにいいことが起こってからな」

チポロはなんのことかわかりませんでしたが、イレシュがみんなを睨《にら》みつけました。

「なによ、その言い方」

「だって、そうだろう？　いつも獲《と》れない奴《やつ》に獲れるなんておかしいよな。なんか、わけがあったんじゃないのかって、みんな言ってるんだぜ」

「わけってなによ？」

イレシュは詰《つ》め寄《よ》りましたが、プクサはなにも言わず、

「ふん、行こうぜ」

と、二人を従《したが》えて行ってしまいました。それを見たチポロは急に不安になりました。今まで、あの日ツルを射止《いと》められたのは、自分の力ではないのかもなどと疑《うたが》ったことはありませんでした。

（でも、なぜ、それまでは無理だったんだ？）

まるで自分の幸運と引《ひ》き換《か》えに、悪いことが起こっているると言われたようで、チポロはなんだか心がざわつきました。

「どうしたの、チポロ?」

「あ、うん。なんでもないよ」

「チポロはいつも一人でがんばってたじゃない。それがあの日、実ったのよ」

「そ、そうかな……」

「そうよ」

イレシュは力強く言いました。

「……ありがとう」

とチポロが言うと、イレシュはにっこり笑い、

「気にしちゃだめよ」

と言って頭をくしゃっとなでました。

「なんだよ」

チポロが怒《おこ》ると、イレシュは走って逃《に》げました。イレシュを追いかけて、チポロは走り出し、二人はそのまま息をきらせながら、夕暮《ゆうぐ》れの村へと駆《か》けていきました。

四、旅の男たち

冬が近づいていました。

冷たい風が、草を枯《か》らし、すべてを白い雪の下に閉《と》じ込《こ》めます。その季節を生き抜《いぬ》くために、人々は必死で木の実を集め、魚を釣《つ》り、獣《けもの》を狩《か》っては、それらを干《ほ》して冬に備《そな》えます。塩も薪《まき》も必要です。備えておかなければ、冬の間中、寒くひもじくみじめに暮《く》らさなければなりません。それどころか、食べ物が尽《つ》きてしまえば命を落とすことだってあるのです。

実りの秋が終わった村は、近づく冬に向けて、だれもがせわしなく働いていました。

チポロは、この季節が嫌《きら》いでした。もちろん、厳《きび》しい冬そのものもですが、冬になってしまえば、みな家の中にこもっているのは同じようなものです。けれど、その前に家族が総出《そうで》で冬に備えるほかの家の、にぎやかな祭りのような様子がうらやましかったのです。

イレシュの家も、父が罠《わな》にかけては獲《と》ってきた獣をせっせとさばき、母が塩をふって棒《ぼう》を通し、並《なら》べて干したり、いぶしたりしていきます。イレシュも弟たちも手伝い、こぼれた肉はまかないになります。その様子は、忙《いそが》しいけれど楽しげでした。

チポロの家では、チポロが狩《か》りをし、チヌがあちこちの家の手伝いをして食料を集めました。

しかし、どんなにチヌとチポロががんばっても、冬のひもじさに変わりはありませんでした。

しかし、今年の冬がまえは少し違《ちが》いました。チポロの弓の腕《うで》が上がったので、獲物《えもの》が多かったこともありましたが、村にもいつもと違う出来事が起こったのです。


ある日、チポロからいつも獲物を買いとってくれるトペニという男が、

「よう、チポロ。いい獲物があったらどんどん持ってきてくれよ。シカマ・カムイさまを迎《むか》える席で使うからな」

と、声をかけてきました。

「シカマ・カムイ?」

きょとんとするチポロに、トペニは説明してくれました。

シカマ・カムイとは「日の出の神」という意味の名を持つ、人間に近い神さまでした。

神さまたちはたいてい天上の神の国にいるものですが、ときどきこの地上に、鳥や動物の姿《すがた》でやってきます。チポロが出会ったツルの神さまもそうでした。

シカマ・カムイはその中でも人間と親しく、人間と同じ姿でやってくる神さまです。そのカム

イが人間の五人の家来を連れて村を訪《おとず》れるというのです。村は歓迎《かんげい》の用意でにわかに忙《いそが》しくなっているということでした。

(シカマ・カムイかあ。どんな神さまなんだろうなあ)

チポロも興味《きょうみ》はありましたが、やはり村の盛《も》り上《あ》がりは、自分から遠く感じられました。

(でも、せっかくトペニが声をかけてくれたんだから、稼《かせ》いでおこう。冬の前にたくわえができれば安心だな)

そう思ったチポロは、いつもより気合が入ったのか運がよかったのか、本当に大きな野ウサギを二羽射止《いと》めることができました。チポロはさっそく、トペニの所に持ってゆきました。

毛も肉もたっぷりとしたみごとな二羽を見たトペニは、

「おまえ、本当に腕《うで》を上げたなあ」

と、感嘆《かんたん》しました。

「チポロ。カムイが来たら、勝負させてもらったらどうだ?」

「勝負って?」

「ああ、おまえは知らないのか。シカマ・カムイさまの家来は強者揃《つわものぞろ》いなんだが、やっぱり人間だ。カムイ(神)と違《ちが》ってみんな年をとるから入《い》れ替《か》わるんだよ。その家来に勝負を挑《いど》んで勝った者は、古い家来と交代して新しく家来にしてもらえるんだ。家来たちは、それぞれ強力《ごうりき》、早足のほか、剣《けん》と槍《やり》と弓のすごい腕《うで》を持つ者の五人で、三本勝負で二本とった方が勝ちだ。おまえも弓の名人に挑《いど》んでみないか？」

「俺《おれ》が？」

チポロは想像《そうぞう》してみました。

「でも、もし勝っちゃったら、この村を出てカムイについていかなきゃならないんだろ？　そうなったら、おばあちゃんが……」

一人になる祖母《そぼ》を真剣《しんけん》に心配するチポロに、トペニは吹《ふ》き出《だ》しました。

「おまえなあ。シカマ・カムイさまの家来はみんな凄腕《すごうで》なんだ。そう簡単《かんたん》には勝てないよ」

チポロはむっとしました。

「じゃあ、なんで『挑んでみろ』なんて言うんだよ」

「みんな、やるからだよ。力試《ちからだめ》しと、あわよくばってヤツさ。三本勝負のうち、一本でも勝てたら自慢《じまん》になるしな」

そんなものなのか、とチポロは拍子抜《ひょうしぬ》けしました。

カムイたちの一行は、なかなか来ませんでした。

すぐ近くの村まで来たという話は伝わってくるのですが、そのあとまた何日も何日も訪《おとず》れる様子はありませんでした。

「きっと家来たちが、たくさんの村々で腕自慢《うでじまん》の若者《わかもの》たちから腕くらべを申《もう》し込《こ》まれているからだ」

と、みな言いました。

ある日、チポロはいつものように弓矢を持って森へは行かず、釣《つ》り竿《ざお》を持って海へ行ってみました。ここ数日、森で獲物《えもの》があまりとれなかったので、気分を変え、いつもと違《ちが》うことをしてみようと思ったのです。

チポロはふた月前にツルを射《い》た砂浜《すなはま》から、切り立った岩場の方へ行きました。そこには浜辺から村の外へ出る、細い道が通っています。風の強い日はとても通ることのできない危険《きけん》な道でしたが、そうでなければいい釣り場でした。

今日はとても天気がよく、おだやかで風もありませんでした。チポロは道の脇《わき》に座《すわ》り、足もとの海へ釣り糸を垂《た》らしました。魚がかかるのを待ちながら、暖《あたた》かい陽射《ひざ》しをあびているうちに、チポロは眠《ねむ》くなってきました。うとうとしていたチポロは、

「ススハム・コタンへゆく道は、ここでいいのか？」

という低い声で目を覚ましました。

「はい？」

目を開けたチポロは仰天《ぎょうてん》しました。目の前に、毛皮を巻《ま》いて革《かわ》ひもでしばった丸太のような何本もの脚《あし》が見えたのです。顔を上げると、巨木《きょぼく》のように背《せ》が高く、屈強《くっきょう》な男が六人も立っています。まるで大きな熊《くま》や鹿《しか》が、そのまま人間になったような男たちでした。チポロはびっくりして竿《さお》を落としそうになりながら、

「は、はい……」

と、答えました。

「そうか。ありがとうな」

そう言って男たちはのしっのしっと歩き出しましたが、少しゆくと、細い道を塞《ふさ》ぐように大きな岩がありました。この道を通る者はみな避《よ》けて通らなければならない岩です。すると、それを見た男たちの一人が、

「お待ちください」

と、主《あるじ》らしき男に言いました。髪《かみ》もひげもふさふさと長く顔をおおっている、一行の中では一番大きな体をした熊のような男です。

「こいつは邪魔《じゃま》だ。片付《かたづ》けておきましょう」

熊のような男はそう言うなり、自分の腰《こし》まである岩をぐっと持ち上げると、片手で海に向かって放り投げました。

「ええーっ！」

チポロは思わず大声で叫《さけ》びました。それはまるで子どもが柿《かき》の実を放り投げたかのようでした。空に大きな弧《こ》を描《えが》いて飛んだ岩が落ちると、どおんという音とともに水柱が上がりました。

そして泡立《あわだ》つ海の中に、大きな黒い背《せ》びれが見えました。

「こらこら、海のカムイを驚《おどろ》かせるな」

主《あるじ》に言われて、熊《くま》のような男は頭をかき、太い首をすくめましたが、

「まあ、いいだろう。これで、ここらの者も、だいぶ道を通りやすくなっただろうし」

と言われ、ほっとしたように頭を下げました。

再《ふた》び六人の男たちがざっざっと歩いてゆくのを、チポロはあっけにとられて見送りました。

「なんだ……あれ？」


結局あまり魚は釣《つ》れず、チポロが夕方、村に帰ると、イレシュが駆《か》け寄《よ》ってきました。

「チポロ！　チポロ！　どこ行ってたの？」

「どこって、いつもとだいたい同じだよ。今日は……」

「シカマ・カムイが来たのよ」

「えっ、そうなんだ！」

「そうなの。それでね」

イレシュは、シカマ・カムイたちは村を苦しめる大ジカを、あっという間に遠くへ追いやってしまったと言いました。

村人たちに案内され、鹿《しか》が現《あらわ》れた場所へ行ったシカマ・カムイたちは、あたりに間隔《かんかく》を置いて五本の杭《くい》を打ち、「これで、あの大ジカはもう来ないだろう」と言いました。杭を打っただけで縄《なわ》を渡《わた》したわけでもなく、村の人たちは半信半疑《はんしんはんぎ》でしたが、再《ふたた》び戻《もど》ってきた大ジカは、その杭を見て首をふって去ってゆきました。

「やったぞ!」

「シカマ・カムイさま万歳《ばんざい》!」

村人たちは手をとって喜びあいました。

「それからね。たくさんの村の男の人たちが、五人の家来たちに挑戦《ちょうせん》したの。でも、だれも一本もとることはできなかったわ」

チポロはイレシュといっしょに、シカマ・カムイたちをもてなしている村長の家に行ってみました。たくさんの人が集まった家の前は、祭りの広場のようでした。人々をかき分けて、二人がのぞいてみると、そこには村長と酒を酌《く》み交《か》わす六人の男たちがいました。

「あっ!」

それはまさに、あの六人でした。チポロはイレシュに、さっき見た光景を話しました。

「えっ、あの道を塞《ふさ》いでた大岩を？」

「うん。片手《かたて》でひょい、だったよ」

チポロがまねて見せると、イレシュはため息をつきました。

「それは、桁違《けたちが》いの強さだわ。村の人たちがかなわないわけね。でも、あの邪魔《じゃま》だった岩がなくなったら、やっとあの道も荷車が引けるわ。よかったわ」

「でもシカマ・カムイは、そもそもなんで、この村に？」

「それはこれから話すんだって。だからみんな集まってるのよ」

イレシュが言い終えるのと同時に、シカマ・カムイが立ち上がりました。

人々がざわめきました。

「こんなに心づくしのもてなしを受けて、いい知らせを告げられないのが申《もう》し訳《わけ》ない」

「おまえたちも知っているだろう。最近、荒《あ》れた獣《けもの》たちや魔物《まもの》たちが動いている。恐《おそ》れることなく人里にやってきては悪さを繰《く》り返《かえ》している」

シカマ・カムイの言葉に、「たしかにそうだな」「俺《おれ》も聞いた。隣《となり》の村で、夜道で驚《おどろ》かされたって」というように、人々はがやがやと自分が知っていることを言いあいました。友達も少なく、噂《うわさ》にうといチポロは、あまり聞いたことはありませんでしたが、どうやら本当にたくさんの魔物たちが出没《しゅつぼつ》しているようでした。

しかし、それらはちょっと変わったコウモリや大きな虫のような姿《すがた》で、悪さをするといっても大したことではなく、「仕方ないなあ」「困《こま》ったもんだ」と、人々はあきらめていました。人々にとって小さな魔物《まもの》たちは、昔からときどき現《あらわ》れては悪さをする、ちょっと珍《めずら》しい大きな害虫や害《がい》獣《じゅう》と同じものだったのです。

「魔物たちはもともと、人間より古くからこの地上にいたが、国造《くにづく》りの神々がこの大地に降《お》り立《た》ち、魔物たちを一掃《いっそう》した。魔物たちは神々を恐《おそ》れてその身を縮《ちぢ》め、夜の闇《やみ》に、岩場の陰《かげ》に、湿《しめ》った沼《ぬま》地《ち》の底に隠《かく》れた。そして人間たちの暮《く》らしを脅《おびや》かすことはなくなった」

人々はうなずきました。これらの話は、有名な伝説で、だれもが子どものころに炉端《ろばた》や寝床《ねどこ》の中で耳にしていたものだったからです。チポロももちろん、チヌから聞いて知っていました。

「だが、長い時の間に、神々の多くは大地を離《はな》れ、天上に帰っていった。恐れるもののなくなった魔物は、再《ふたた》び人のそばに現れるようになった。さて、そもそも神々がこの大地を離れていった理由はわかるな？」

人々は気まずそうに、互《たが》いに顔を見合わせました。

せっかく自分たちに似《に》せて人間たちを創《つく》り出《だ》した神々が、この大地を離れていったのは、人間の行いが悪くなったからでした。山や川や海の恵《めぐ》みを得ても感謝《かんしゃ》しなくなり、もっともっと獲《え》物《もの》や収穫《しゅうかく》を求め、互《たが》いに競《きそ》い、争うようになりました。

強い者は自分たちが食べる以上に食物を貯《た》め込《こ》み、弱い者には与《あた》えず、あるいは高い代償《だいしょう》を要求し、より力をたくわえてゆきました。力を持った者はおごり高ぶり、土地や武器《ぶき》や人を集め、争いあうようになりました。

神々はそんな人間に、愛想《あいそ》を尽《つ》かして去っていったのです。

シカマ・カムイはそのことを語りませんでした。語らなくてもわかるだろう、と言っているようでした。しかしその時、

「なんでー？」

と、無邪気《むじゃき》に問う子どもの声がひびきました。まだ伝説を聞いたことがないのか、聞いても意味がわからないのでしょう。周りの大人たちはぎょっとし、母親は「これ！」と叱《しか》りましたが、

「ねえねえ。シカマ・カムイさまも、天に行っちゃうの？」

と、子どもは遠慮《えんりょ》なく続けました。

「いや、わたしは当分行かないよ」

「よかった」

子どもはほっとし、シカマ・カムイの笑顔《えがお》に大人たちの表情《ひょうじょう》もほぐれました。チポロも周りにつられて笑いながらイレシュの方を見ましたが、イレシュは笑っていませんでした。

（イレシュ？）

チポロが話しかけようとした時、

「彼《かれ》らはシンターに乗ってやってくる」

と、シカマ・カムイが告げました。

「シンター？」

人々はびっくりしました。シンターという言葉には二つの意味がありました。ひとつは「空飛ぶ船」という意味ですが、だれもそんなものは見たことがありません。むしろ村では、もうひとつの意味で、よく使っていました。

「カムイさま。それは、この赤んぼのようにゆりかごに乗っているということですか？」

赤子を抱《だ》いた母親が言いました。

「そうだ」

人々は、あははは と笑いました。

「ゆりかごに乗ってやってくる魔物《まもの》だって」

「赤んぼみたいな魔物か」

「そんなの全然怖《こわ》くないいな！」

人々につられてチポロも笑いました。頭の中に思《おも》い浮《う》かんだのは、ゆりかごからはい出してくるネズミやリスのような魔物《まもの》たちの姿《すがた》でした。怖《こわ》いというより、こっけいでかわいい、そんな生き物です。しかし、みんなが笑っていても、やはりイレシュは笑っていませんでした。

「シカマ・カムイ。おたずねします」

進み出たイレシュの声に、人々がふり返りました。

「魔物たちは、いつ来るのですか?」

「それはわからない。明日かもしれないし、ひと月あとかもしれないし、一年あとかもしれない。だが、備《そな》えておくに越《こ》したことはない。それを我々《われわれ》は伝えて回っているのだ」

「わかりました」

イレシュはていねいに礼を言って、村長の家を出ました。村長が再《ふたた》びシカマ・カムイに酒をすすめ、座《ざ》はなごやかな空気に包まれました。

チポロは外に出て、イレシュを捜《さが》しました。

「おおい、イレシュ」

自分の家に向かって歩きかけていたイレシュを、チポロは走って追いかけました。

「どうしたんだよ。あんなこと聞いて」

「チポロは、あたしの言ったことおかしいと思う?」

「いや、別に、思わないけど……」

チポロはイレシュの言ったことがおかしいとは思いませんでしたが、神を迎《むか》えて盛《も》り上《あ》がっている村人たちはみんな、暗い話や心配ごとよりも、シカマ・カムイたちの武勇伝《ぶゆうでん》を聞きたがっていました。イレシュの質問《しつもん》は、その空気から浮《う》いていたのです。

「あたしは自分で思うわ」

イレシュの顔が不安げにゆがみました。

「あたし、このごろ同じ夢《ゆめ》を見るの」

「夢？」

「海の向こうから、たくさんの船がやってくるのよ。船っていっても、水の上に浮かんでいるんじゃなくて、それより少し高い所、つまり宙《ちゅう》に浮いてるの」

「えっ！」

さっきシカマ・カムイが言ったシンターだ、とチポロは直感しました。

「そうよ。それが次々と、海鳥のように浜辺《はまべ》に降《お》りるの。船の中にはだれもいない。そう見えるんだけど、よく見ると小さなアリや羽虫たちがはい出してきて、どんどん村の方に向かっていく。そして、村の畑を埋《う》め尽《つ》くし、そこらじゅうの草や木や作物をみんな食べてしまうのよ」

チポロはぞっとしました。シカマ・カムイが言った「魔物《まもの》」より、イレシュが夢で見た、無数の害虫たちがぞろぞろとやってくる光景の方が、なんだか怖《こわ》かったからです。

「夢《ゆめ》は何度も見たわ。今までは気にしないようにしてた。でも、さっき、シカマ・カムイの話を聞いたら……」

「そ、そんなの偶然《ぐうぜん》だよ」

「………」

自分でも信じていない言葉に、説得力はありませんでした。チポロはなにかイレシュの気持ちを明るくするものはないかと、必死で頭をひねりました。

「そうだ！」

チポロは、あることを思いつきました。

「俺《おれ》、すごい呪文《じゅもん》知ってるんだ。それをイレシュにだけ教えてやるよ」

「呪文？」

「うん。俺、それで空から睨《にら》んでる魔物《まもの》みたいなヤツ、追い返したことがあるんだ」

「本当に？」

イレシュは疑《うたが》うようにチポロを見ました。

「本当だよ。えーと……」

チポロはあの日、父の腕《うで》の中で唱えた「呪文」を、なんとか思い出しました。

「思い出した。たしか、こんなだったよ……。シルン　カムイ　ネゥン　オマンワシム」

チポロがイレシュの耳もとでささやくと、イレシュもまた、チポロの耳もとにささやき返しました。チポロは耳がくすぐったくて首をすくめました。イレシュが呪文《じゅもん》を口にすると、自然に歌のようなふしがついていましたが、それはなぜか夢《ゆめ》の中で聞いた歌とよく似ていました。

「これでいいの？」

「うん。これさえ唱えれば、どんな魔物《まもの》が来たって大丈夫《だいじょうぶ》さ」

「この言葉、どういう意味？」

「よくわかんないけど、魔除《まよ》けだよ。『おまえ、あっち行けよ』みたいな意味だよ」

「ふうん……」

イレシュはじっとチポロの顔を見て、

「ありがとうチポロ」

と、言いました。あまり信じてはいないようでしたが、その顔には少しだけいつもの明るさが戻《もど》っていました。

五、〈魂《たま》送《おく》りの矢〉

次の日も再《ふたた》び、腕《うで》に覚えのある若者《わかもの》たちが、シカマ・カムイの家来たちに挑戦《ちょうせん》しました。昨日負けて、もう一度挑戦した者もあり、今日になって「やはりおれも」と手を挙げた者もありました。

しかし力《ちから》自慢《じまん》の男たちは、あの大岩を片手《かたて》で投げた「強力《ごうりき》のトゥンニ」に軽く投げ飛ばされ、韋駄天《いだてん》の男たちは突風《とっぷう》のような「早足のテシマニ」に遠く及《およ》ばず、剣《けん》や槍《やり》や弓に自信のあった男たちも、白ひげの「剣豪《けんごう》ヤム」や、長身の「槍のマウニ」や、細身の「弓のレプニ」に、赤子のように軽くあしらわれました。

(これじゃ、村々を回るのに時間がかかるはずだ)

大人たちの挑戦を見ながら、チポロは思いました。「あいつなら勝てるだろう」と期待された者たちが、次々と敗れてゆきます。特に剣豪のヤムは、雪のように真っ白な髪《かみ》に真っ白なひげをたくわえ、一見年寄りのようでしたが、次々と向かってくる挑戦者をやすやすとかわし、その剣を遠くはね飛ばしました。よく見ると、その腕《うで》は太く、脚《あし》もがっしりしていて、見た目よりずっと若《わか》く、そして鍛《きた》えられているのがわかりました。

太陽が高くのぼるころには、もう村の大人たちの中に、カムイの家来たちに挑《いど》む者はいませんでした。

「さあ、もう挑戦《ちょうせん》する者はいないか?」

すべての勝負を公平に見守っていたシカマ・カムイが言いました。

「では、わたしたちはそろそろ行くとしよう」

カムイは立ち上がり、家来たちは道具をしまい、旅立つ準備《じゅんび》をし始めました。彼《かれ》らの表情《ひょうじょう》には、余裕《よゆう》とともに落胆《らくたん》が感じられました。

「この村に大した奴《やつ》はいなかったな」

「ああ、次の村で探《さが》そう」

それを見ているうちに、チポロはなんだか取り返しのつかないことになってしまうような気がしました。

「待ってください!」

イレシュがびっくりして、いきなり立ち上がったチポロを見上げました。

「チポロ?」

「俺《おれ》も、勝負お願いします……」

粗末《そまつ》な弓を持って進み出たチポロの姿《すがた》に、家来たちも村の人々もぽかんとしました。

「なんだ、子どもじゃないか」

家来たちは笑い、村の人々はチポロだとわかってもっと笑いましたが、シカマ・カムイは優《やさ》しくたずねました。

「おまえはいくつだ?」

「九……数えで十です」

チポロは少しでも年上に見せようと胸《むね》を張《は》り、数えの年を答えました。家来たちと戦って敗れた村の男たちの間から、声が上がりました。

「おまえなあ、おれたちが無理だったのに、おまえが勝てるわけないだろ」

「カムイたちは早く次の村に行かなきゃなんないんだぞ。よけいなことに時間とらせるな」

「そうだ。勝てるわけがない。やったって無駄《むだ》だ」

「そうだそうだ!」

たくさんの野次が飛び、家来たちは「やれやれ」「どうする?」と困《こま》ったように顔を見合わせていました。しかし、シカマ・カムイはきっぱりと、弓矢を持った家来に、

「やりなさい。レプニ」

と、命じました。レプニは、「はい」とうなずきつつ、

「ですが、子どもにとって、矢を遠くまで飛ばす勝負ではあまりに不利でしょう。的当てにしてはいかがですか?」

と聞きました。

「よかろう」

レプニはチポロを手招《てまね》きし、遠くに見える柳《やなぎ》の木を指さしました。

「動く獲物《えもの》で勝負をしたいところだが、時間がない。あの柳の木の枝《えだ》を多く落とした方が勝ちというのではどうだ?」

「はい」

チポロは揺《ゆ》れる柳の木の枝を見ました。長い髪《かみ》のように揺れる枝は、重なっている所を狙《ねら》えば、一度に何本も射落《いお》とせそうな気がしましたが、そう簡単《かんたん》でないことは、一度狙《ねら》ってみればわかりました。軽い柳の枝は、矢の起こす、わずかな風でも動いてしまうのです。

(うわっ、こんなの無理だ!)

しかし、レプニの矢は目に見えぬほど速く、柳の枝が風で持ち上がる前に当たりました。そしてその鋭《するど》い矢じりは、風の刃《やいば》のように枝を切り落としました。見ていた村人は目を丸くし、

「すごい!」

「ただ遠くに飛ばすだけではないぞ、あの男」

「さすがシカマ・カムイにつかえる名人だ」

と、言いあいました。チポロは二度目も当てられず、最後の三本目になりました。

（どうしたら、あんなに速く鋭《するど》い矢が……）

チポロは弓を力の限《かぎ》りに引《ひ》き絞《しぼ》りました。そのとたん、大きな音がして弦《げん》が切れました。

「いてっ！」

切れた弦が自分の手に当たり、チポロはうずくまりました。村の人々の笑い声が聞こえ、それはしびれる手の痛《いた》みより、チポロに突《つ》き刺《さ》さりました。

「大丈夫《だいじょうぶ》か？」

レプニが声をかけてきました。

「血は出ていないな」

「は、はい」

「笑っているヤツらは気にするな。今日勝負した中で、一番おれに近づいたのはおまえだ」

「えっ？」

「矢を見せてくれ」

レプニは、チポロの矢筒《やづつ》に残っていた、竹根の矢じりを見て聞きました。

「おまえ、ブシ（毒）を使ってないんだな」

「う、うん。はい」

村のほとんどの男たちは、矢じりにブシを塗《ぬ》って狩《か》りをしていました。ブシを塗った矢なら一発で仕留《しと》められなくても、その傷口《きずぐち》から弱った獣《けもの》を捕《つか》まえやすいからです。しかし、もちろん人間の害にもなるので、その矢が当たった所の肉は切って捨《す》てねばなりません。少しでも多く肉が食べたかったチポロは、それがもったいなくて使わなかったのでした。

「ブシを使うと、食べる分が減《へ》るし……」

「おれもそうだった」

チポロはびっくりして、レプニを見上げました。

「だからいつも、かならず一発で仕留めようと思った。矢も、そんなに持ってなかったしな。そのおかげで、腕《うで》が上がった」

レプニはにっこり笑い、自分の弓をチポロにさし出しました。

「おまえの大事な弓を壊《こわ》してすまなかった。代わりに、これをやろう」

チポロは自分の耳を疑《うたが》い、そして目を疑いました。さし出されたのは、彫《ほ》り物《もの》のある立派《りっぱ》な弓でした。「そ、そんな……！」

「おまえの弓はだいぶ傷《いた》んでいる。また弦《げん》を張《は》り直《なお》しても、近いうちに折れるだろう。それに背《せ》丈《たけ》に合わなくなってきていたようだ。違《ちが》うか？」

チポロはうなずきました。弓はチポロの父が使っていたものでしたが、チポロが使うには大きすぎるからと、昔イレシュの父が短く切ってくれたのです。しかし、その時からチポロはずいぶん背《せ》が伸《の》びたので、最近は使いにくくなっていました。

「おまえの狙《ねら》いはよかった。動く獲物《えもの》を狙う勝負だったら、もっといい勝負ができただろう」

これだけでも、チポロは天にものぼる気持ちでしたが、レプニはさらに驚《おどろ》くようなことを言い出しました。

「シカマ・カムイ。今日一日だけ、この子を手伝わせてもいいでしょうか？」

「手伝い？」

チポロは意味がわからず、レプニとシカマ・カムイの顔を見比《みくら》べました。

「なぜだ？　その子は、ほかの射手《いて》と比べて、なにか違《ちが》う所があったのか？」

それが知りたい、とチポロも思いました。しかしレプニは、

「いいえ。やる気以外は」

と首をふりました。

（なんだ。すごい素質《そしつ》があるからとかじゃないのか）

チポロはがっくりしましたが、それでもシカマ・カムイたちの一行と、一日行動をともにでき

るというだけでも、胸《むね》が高鳴りました。

「子どもは危険《きけん》だ。特に理由もないのに……」

と言いかけたシカマ・カムイに、チポロはとっさにその場に座《すわ》り込《こ》み、頭を下げて頼《たの》みました。

「連れていってください！」

顔を上げなくても、村人たちのざわめきが聞こえました。それはさっき、レプニに挑《いど》むことを申し出た時よりも、さらに強い嘲笑《ちょうしょう》でした。

「なんであんな子どもが？」

「足手まといになるだけだろう」

そんな声に打ちのめされながらも、チポロは「言わなきゃよかった」とは思いませんでした。有名な神の家来に挑み、無理かもしれない願いごとをするなんて、以前の自分だったら考えられませんでした。どうせ自分なんか、なにに挑戦《ちょうせん》したって無駄《むだ》だ、人になにか頼んだって、聞いてもらえるはずない――いつもいつも、そう思ってきました。でも、あのツルの神を射落《いお》としてから、

（失敗したって恥《はじ》をかいたって、やらないで後悔《こうかい》するより、やって後悔した方がいい！）

と、思うようになったのです。

「いいだろう。ただし、子どもを無断《むだん》で連れ歩くわけにはいかん。家の者に断《ことわ》ってくるがいい」

そのひと言に、チポロはぱっと顔を上げました。

「ありがとうございます。シカマ・カムイさま!」

あっけにとられる村人たちを尻目《しりめ》に、チポロは急いでチヌのいる家に走りました。

チヌに許《ゆる》しを得たチポロを連れたシカマ・カムイたち一行は、あの鹿《しか》を追《お》い払《はら》うために杭《くい》を打った場所へ向かいました。そしてその場所に着くと、一行は高い丘《おか》の上に登り、遠眼鏡《とおめがね》であたりを見回し始めました。

「なにを探《さが》してるんですか?」

チポロが一番近くにいたレプニにたずねると、

「鹿だ」

という答えが返ってきました。

「鹿? でも、あれはもう追い払ったんじゃ……?」

「そう。追い払っただけだ。だが、あれは荒《あ》れジカだ。魂《たましい》を鎮《しず》めてやらなければ、またどこかの村を荒らすだろう」

「荒れジカ?」

チポロは聞いたことがありました。もともと動物たちは自分たちの縄張《なわば》りがあるので、むやみに人里へやってきたり、人間を襲《おそ》ったりすることはありません。しかしなにかの理由があって、正気を失うと、暴《あば》れたり人を襲ったりすることがあるのです。そういうものを「荒《あ》れジカ」や「荒れイノシシ」「荒れグマ」と言ったりするのでした。

「魂《たましい》を鎮《しず》めるって、どうするんですか？」

「この矢を使うんだ」

レプニは背中《せなか》に負った矢筒《やづつ》を下ろし、ほかの矢とは別に束ねてある矢から、一本抜《ぬ》いて見せました。それは一見、ほかの矢と同じでしたが、先は少し細く削《けず》っただけで、矢じりがついていませんでした。

「矢じりが……これ、どうやって？」

「すぐにわかるさ」

レプニはそう言うと、先に歩き始めた一行を追いかけました。チポロも慌《あわ》ててレプニのあとを追いました。どうやらここには鹿《しか》はいないことがわかり、別の場所を探《さが》すようです。

日が暮《く》れるころになっても鹿は見つからず、チポロは疲《つか》れてきました。なんといっても体格《たいかく》のいい男たちの歩幅《ほはば》は大きく、道の悪い所でも、すたすたと行ってしまいます。必死に足を動かし、ついていくので精一杯《せいいっぱい》でした。

しかし、チポロはあきらめませんでした。せっかくシカマ・カムイたちが連れてきてくれたのです。あの時いっせいに自分を見た子どもたちのうらやましそうな目は、忘《わす》れることができませんでした。ツルを射落《いお》とした時と同じ、いや、それを超《こ》える誇《ほこ》らしさと自信とともに、

(シカマ・カムイの顔に泥《どろ》を塗《ぬ》っちゃいけない)

という思いがわいてきたのです。

あの時、チポロの耳には、「いいなあ」という声だけでなく、「なんであいつが」という声も聞こえました。プクサの父は、「わたしの息子《むすこ》も」とシカマ・カムイに申し出ましたが断《ことわ》られ、くやし泣きをする息子を「シカマ・カムイは優《やさ》しい方だからだ」と慰《なぐさ》めていました。

チポロも、そうかもしれない、と思いました。ほかの子どもよりもみすぼらしい格好《かっこう》をした自分を憐《あわ》れんで、レプニもシカマ・カムイも声をかけてくれたのかもしれない、晴れの舞台《ぶたい》などなさそうな自分に、情《なさ》けをかけてくれたのかもしれない、と。

(それでもいい)

チポロは思いました。

(それでも、かけられた情けを無駄《むだ》にしない)

そして、もうすぐ夕暮《ゆうぐ》れから夜になろうとするころでした。

「鹿《しか》がいたぞー!」

と、槍《やり》の名手マウニが叫《さけ》びました。一行はマウニの指さす方向を見ました。楡《にれ》の巨木《きょぼく》のように背《せ》

が高いマウニの指さす先には、草地でなにか黒いものがノミのようにはねているのが見えました。

「なにかが動いているのはわかるが……」

「たしかにあの鹿《しか》か？」

と、ほかの者たちが首をかしげると、

「おれがたしかめてこよう」

という声とともに、早足のテシマニの姿《すがた》が消えました。テシマニはレプニと同じくらい若《わか》く見える、一番小柄《こがら》な男でしたが、走り出すと土煙《つちけむり》が上がりそうな勢《いきお》いで、あっという間に姿が見えなくなってしまいました。

気がつくと、テシマニらしき人影《ひとかげ》は、黒いものがはねる草地にありました。その影は再《ふたた》び、あっという間にチポロたちのもとに戻《もど》ってくると、

「シカマ・カムイさま。間違《まちが》いなく、あの鹿です」

と告げました。

「よし、行こう」

シカマ・カムイたちとともに、チポロが草地に着くと、巨大《きょだい》な体をくねらせ、はね回っている大ジカがいました。大ジカは別の牡鹿《おじか》と戦ったのでしょうか、生《お》い茂《しげ》る枝《えだ》のような自分の角に、

負《ま》けず劣《おと》らず立派《りっぱ》な別の角をからませていました。

「相手の角をねじ切ったのか。すごい力だな」

人並《ひとな》みはずれた怪力《かいりき》のトゥンニでさえ、感嘆《かんたん》するように言いました。

「普通《ふつう》なら、二頭の角がからまって離《はな》れられなくなると、両方飢《う》え死《じ》にしてしまうものなのに」

白ひげの剣豪《けんごう》ヤムが言いました。

「きっと、角を折られた方の鹿《しか》は死んでしまっただろうな」

テシマニが言いました。そんな家来たちといっしょに鹿に近づいていったチポロはぞっとして足が止まりました。泡《あわ》を吹《ふ》いて暴《あば》れる鹿の目は血走っていて、たしかに普通の鹿とは違《ちが》っていました。まるで酒を飲みすぎて、周り中に当たり散らしている人間のようです。

鹿は近づいてきた男たちを見つけると、角をふり回しながら走ってきました。

「うわっ！」

家来たちはあっという間に四方に散りましたが、チポロは足がすくんで動けず、鹿が真正面から自分に襲《おそ》いかかってくるのが見えました。

「危《あぶ》ない！」

チポロの体がひょいと抱《だ》き上《あ》げられ、木の上に放り投げられました。

「わわっ！」

チポロは慌《あわ》てて木の枝《えだ》にしがみつきました。一瞬《いっしゅん》、なにが起こったのかわかりませんでしたが、

「ちょっとそこで見ていろ」

というトゥンニの声に、自分があの大岩のように、中空に放り投げられたのだとわかりました。

手負いの猪《いのしし》のように突進《とっしん》してきた大ジカは、再《ふたた》び家来たちの方に走ってきましたが、マウニが横から角に槍《やり》をからめ、すっと持ち上げました。大きな槍の先には、からんでいた角が引っかかっていました。マウニはそれをからんと外しました。

まるで魔法《まほう》だ、とチポロは思いました。おそらくあの鹿がどうやっても外せなかった別の鹿の角を、一瞬で外してしまったのです。

（すごい……）

チポロもほっとしましたが、大ジカも頭が軽くなったのか、やたらと頭をふり回すのをやめました。喜んだのもつかの間、再び鹿はシカマ・カムイたちの方へ襲《おそ》いかかってきました。むしろ体が軽くなって、より暴《あば》れやすくなったと言わんばかりです。

「今度はおれだな」

剣《けん》を持ったヤムが呟《つぶや》くと鹿に向きあい、「やっ！」という掛《か》け声《ごえ》とともに剣を二度ふりました。草の上に二本の鹿の角がぼとりぼとりと音をたてて落ちました。

チポロが再《ふたた》び目を丸くしていると、今度はトゥンニが、その鹿《しか》の首をがっちりと素手《すで》で抱《かか》え込《こ》み、動けないようにしました。鹿は足をじたばたさせてもがいていましたが、トゥンニの腕《うで》に挟《はさ》まれている首は、ぴくりとも動きませんでした。

「いいぞ！」

と、トゥンニは遠くに向かって叫《さけ》びました。見るとレプニが、背負《せお》っていた弓をかまえ、矢をつがえています。ああ、トゥンニが押《お》さえている鹿の眉間《みけん》を狙《ねら》って矢を射《い》るんだ――とチポロは思いました。しかし、チポロははっとしました。レプニのかまえている矢には矢じりがついていなかったのです。そんな矢で、あの大ジカにとどめを刺《さ》せるのでしょうか？　チポロは木につかまりながら身を乗り出し、レプニの手もとを見つめました。レプニはじっと鹿に狙いを定めていたかと思うと、ふいに弓をまっすぐ上に向け、矢を放ちました。

「えっ？」

そのとたん、トゥンニは鹿を押さえていた手を離《はな》しました。

（また鹿が暴《あば》れる！）

しかし、大ジカは動きませんでした。その目はおだやかに黒く澄《す》んでいて、あの血走った怒《いか》りやなにかに取りつかれたような様子はどこにもありません。そして大ジカは、前のめりに倒《たお》れました。秋の森には、一頭の角のない鹿が横たわっていました。

さっきまで五人の動きを見守るように、遠くに立っていたシカマ・カムイが大ジカに近寄《ちかよ》ってきました。シカマ・カムイは大ジカの目を閉《と》じながら言いました。

「これでもう大丈夫《だいじょうぶ》だ。この体にいた魂《たましい》は、天に送られた」

家来たちはうなずきました。

「さあ、暗くならないうちにさばいてしまおう」

と、ヤムとマウニが大ジカをさばき始め、あとの三人も「おれは薪《まき》を」「水を」「ほかに食べられそうなものを」と、さっさと働き始めました。

「じゃあ、俺《おれ》は……」

とまどうチポロは、「おまえも来い」とレプニに言われ、慌《あわ》ててついてゆきました。

「肉といっしょに煮込《にこ》むものを、探《さが》してくれ」

と言われ、チポロはせっせと草やキノコを集めながら、さっきの不思議な出来事はなんだったのかと聞きました。

「あの矢じりのない矢は、生きとし生ける者の魂を天に返す矢だ。ああいった荒《あ》れた獣《けもの》の魂を鎮《しず》め、天に送り返すのだ」

「そんな矢があるんだ……」

「ああ。神か、神の命を受けた者にしか作れない。それに」

と、レプニは少し得意そうに言いました。「だれでも射《い》られるわけじゃないぞ」

「いいなあ……。俺《おれ》も射てみたい」

「射られるさ」

「ほんとに？」

「おれの代わりに、シカマ・カムイさまの家来になればいい。この矢は、シカマ・カムイさまからもらえるものなんだ」

チポロはシカマ・カムイの方を見ました。すっかり暗くなった森の中で焚火《たきび》を囲み、シカマ・カムイは家来たちといっしょに焼いた鹿《しか》の肉を食べています。

「固いな」

「ああ、荒《あ》れ者《もの》たちの肉は、だいたい固くて美味《うま》くない」

「でも供養《くよう》だからな」

「それにこの先長い。食料をたくわえねば」

家来たちはそんなことを言っていました。

「……俺、なれるかなあ」

「なれるんじゃないか？　そう思って、連れてきたんだ」

レプニはそう言って立ち上がりました。二人は火のそばにゆき、レプニは肉を刺《さ》した串《くし》を二本とって、一本をチポロに渡《わた》しました。

「食えよ」

「いただきます」

それは、今まで食べた中で一番固い肉でした。仕留《しと》めたばかりの鹿肉《しかにく》は固いものですが、それにしても、木の枝《えだ》をかんでいるようでした。チポロが肉を何度もかんで、一生懸命《いっしょうけんめい》飲《の》み込《こ》んでいると、

「ご苦労だったな」

と、いつのまにか近くにいたシカマ・カムイが言いました。チポロはびっくりして、肉を喉《のど》に詰《つ》まらせそうになりました。

「お、俺《おれ》は、なにもしてません」

「ここまでついてくるだけで、子どもには大変なことだ」

そしてシカマ・カムイは鹿の肉をそいで、鹿の皮で包んだものをチポロに渡しました。

「一番柔《やわ》らかい所だ。これなら、よく煮込《にこ》めば普通《ふつう》の肉に近い」

「いいんですか？」

「おまえの家には年寄《としよ》りがいるだろう」

本当に、なんていい神さまなんだろう、とチポロは思いました。その夜、シカマ・カムイたちといっしょに寝《ね》たチポロは、朝が来てほしくないとさえ思いました。

（ああ、自分がこの旅の仲間だったら、どんなに幸せだろう！）

しかし、別れの朝はやってきました。朝食をとったあと、チポロは大きな鉄鍋《てつなべ》を洗《あら》うのを手伝おうとしました。

「俺《おれ》がやります」

しかし鍋は重くて、ぴくりとも動かすことはできませんでした。そんな荷物を軽々とまとめ、かつぎ上げる男たちを見て、

（一晩《ひとばん》だけなら、情《なさ》けで連れてきてもらえる。でもこの人たちとずっといっしょにいたかったら、この人たちと同じように強くならなきゃだめなんだ）

と、チポロは無力なその身に刻《きざ》みました。

「また会おう、チポロ」

「はい！」

チポロはシカマ・カムイたちの一行と別れ、村への道を歩き出しました。昨夜《ゆうべ》は一晩中、シカマ・カムイたちと別れることに寂《さび》しさを感じていたチポロでしたが、今朝はもう別の思いが、胸《むね》の中にわき上がっていました。それは、

（俺《おれ》はシカマ・カムイの家来になる。ぜったいなるぞ！）

という夢《ゆめ》でした。かならず自分は強くなる、なれる。そう思ったのです。

（次にシカマ・カムイたちが村を訪《おとず》れた時にはかならず……いやこちらから追いかけてでも勝負して、そして今度こそ勝って家来になってやる――）

チポロは誓《ちか》いました。

六、魔物《まもの》

シカマ・カムイの一行が訪《おとず》れてからしばらくの間、村は彼《かれ》らの話でもちきりでした。

しかし、人は忘《わす》れやすいものです。十日もすると人々から、シカマ・カムイの思い出は薄《うす》れていきました。特に大ジカが退治《たいじ》されてから、大きな被害《ひがい》をもたらすものがなにもいなくなったので、みな油断《ゆだん》していたのです。

シカマ・カムイに言われ、交代で海を見張《みは》っていた人々は、やがて見張りをおこたるようになりました。なにせ秋です。そんないつ来るかわからない敵《てき》を恐《おそ》れて、海の彼方《かなた》を見つめているより、冬の備《そな》えをしたいのです。

だれもがそう考えていたので、とうとうその日がやってきた時に、浜辺《はまべ》にはだれもいませんでした。

その日、最初に気づいたのは、干《ほ》してあった海藻《かいそう》や魚をしまおうと浜辺にやってきた子どもたちでした。空が薄暗《うすぐら》くなったので夕方だと思い、やってきた子どもたちは、いつもより湿気《しっけ》が残っているワカメや昆布《こんぶ》を手にとって首をかしげました。

「おかしいな、あんまり乾《かわ》いてないぞ」

「そうだな。それにずいぶん日が暮《く》れるのが早いんじゃないか？」

一人の子どもが空を見上げました。

「空の色が、変だ……」

さっきまで晴れていた空には、まるで巨大《きょだい》なタコが墨《すみ》を吐《は》いたような黒い雲が広がっています。その雲の色は明らかに、薄暗い夕暮れの雲でも、湿《しめ》った雨雲の色でもありませんでした。いっせいに空を見上げた子どもたちは、やがてその下の海に目を落としました。

「なんだ、あれ？」

波の間に一つ、いや二つ、三つの小船が見えました。それはすぐに五つに六つに……と増《ふ》えていきました。

「どこの船だろ？　帆《ほ》も櫂《かい》もない……」

それらの中には、一人から三人の人間が乗っているのが見えました。いえ、人間のようですが、人間ではありませんでした。その顔は獣《けもの》や虫のようであり、角や牙《きば》が生えているものもあり、体は長い毛や鱗《うろこ》におおわれています。背丈《せたけ》も子どものようなものから巨人《きょじん》のようなものまでさまざまです。

そして、彼《かれ》らの船が地面に触《ふ》れた時、子どもたちは叫《さけ》びました。

「魔物《まもの》だ！」

それは、見たこともない異形《いぎょう》の者たちでした。


魔物たちの乗ったシンターは砂浜《すなはま》に着くと、そのまま滑《すべ》るように動き出しました。まるで船の底には、見えない軽《かろ》やかな車輪でもついているようでした。「空飛ぶ船」という名から、天から舞《ま》い降《お》りてくるような形を思いえがいていた人々は、宙《ちゅう》に浮《う》いて、大地を滑るように迫《せま》りくる船の群《む》れに驚《おどろ》き、叫び声を上げて逃《に》げまどいました。逃げまどう人々をからかうように、おびただしい数の魔物たちは走り回り、飛《と》び交《か》いました。やがてその中からひときわ巨大《きょだい》な、ねじれた二本の角を持つ赤銅色《しゃくどういろ》の魔物が現《あらわ》れました。その魔物は首から何重にも下げた大きな鎖《くさり》に、じゃらじゃらと宝石《ほうせき》や飾《かざ》り玉《だま》をつけていて、明らかにほかの小さな魔物たちとは違《ちが》いました。おそらくこの一団《いちだん》の頭《かしら》らしいその魔物は、石をも砕《くだ》くような声で命令しました。

「よく聞け。この村にいる子どもを全部集めろ！」

周りの小さな魔物たちが、いっせいに動きを止めました。

「全部だぞ！　全部！」

小さな魔物《まもの》たちはきいきい騒《さわ》ぎ立《た》てました。村の人々は顔を見合わせ、そのうちの一人が、

「なんで、おまえらの言うことなんか聞かなきゃならないんだ！」

と叫《さけ》びましたが、あっという間に小さな魔物に取り囲まれました。黒くてべたべたするカエルのような手を持つ魔物たちは、ぺったぺったと男の顔に張《は》りつきました。

「うわあっ！」

男がそれを引きはがそうとすると、魔物の手からはにゅーっと黒い粘《ねば》り気《け》のある汁《しる》のようなものが伸《の》びてきます。その臭《にお》いもまた、よどんだ水と腐《くさ》った魚のようにおぞましく、熱した油のように熱く、男は叫びながら倒《たお》れ、周りの人々は悲鳴を上げて離《はな》れました。

「さあ、早く連れてこい！」

村はいつのまにかおびただしい数のシンターに取り囲まれていました。だれもこっそり村の外に出ていくことなどはできず、広場に子どもたちが集められました。大きな子は小さな子をかばって外側に立ち、小さな子たちは親を呼《よ》んで泣き叫んでいました。イレシュも弟たちを抱《だ》きしめながら、魔物たちの姿《すがた》に茫然《ぼうぜん》としていました。

（チポロ？　チポロはどこ？）

イレシュはチポロを捜《さが》しましたが、その姿はありませんでした。

ではチポロは、そのころどこにいたかというと……。

（あ〜あ。遠くまで行ったのに、無駄足《むだあし》だったなあ）

チポロはため息をつきながら、森から村に入る道へ出ました。夕暮《ゆうぐ》れの森の中はほとんど夜のような暗さでしたが、森の外はさすがにまだ明るさが残っています。

（今日は、帰りに採《と》ったキノコでがまんしなきゃ。肉が食べたかったなあ）

チポロの足が止まりました。村の広場に続く道の上に、なぜか船がたくさんあるのです。

「あれ？　なんで陸地に船が……」

小さな船のへさきは、すべて広場の方を向いていました。そして、その上に乗っている影《かげ》は、異様《いよう》に大きかったり小さかったり、長い耳や角が生えていたりします。

（魔物《まもの》だ！）

チポロは急いで草むらに伏《ふ》せました。

（広場でなにやってるんだ？　みんな無事なのか？　おばあちゃんは？　イレシュ！）

チポロは草の上をはって、広場の方に近づいていきました。シンターに乗った魔物たちに気づかれるのではないかと、心臓《しんぞう》がばくばくしましたが、その心配はありませんでした。なぜなら広場からは何人もの子どもや赤んぼの泣き声がひびいていたので、チポロが用心深く草をはう音など、かき消されてしまったからです。

それでも見つかったら……と思い、チポロは背中《せなか》の矢筒《やづつ》から矢を一本抜《ぬ》き、弓につがえてはってゆきました。ようやく広場に近づくと、異形《いぎょう》の魔物《まもの》たちが、集めた子どもたちの周りをぐるぐると回っているのが見えます。

（でも、あいつらなにやってんだ？）

魔物は子どもを喰《く》うと言われますが、それならわざわざこんなに目立つ所に集める必要はありません。

（まるで、ただ怖《こわ》がらせて様子を見てるみたいだ……なんのために？）

そのうち魔物の一人が、よく顔を見ようとしたのか、イレシュの胸《むね》に顔を埋《うず》めていた下の弟を引きはがそうとしました。

「なにするのよ！」

イレシュは必死で弟の手を引きましたが、魔物も弟のもう片方《かたほう》の手を引っ張《ひば》りました。弟は泣《な》き叫《さけ》び、チポロは魔物に向かって矢をつがえました。その時、

「シルン　カムイ　ネゥン　オマンワシム（荒《あ》れる天の神よ　さっさと帰りなさい）！」

と、イレシュが叫びました。そのとたん、ぴたりと魔物たちの動きが止まり、石のように固まりました。

（俺《おれ》の教えた呪文《じゅもん》が効《き》いたんだ！）

チポロはそう思いましたが、あの大きな赤銅色《しゃくどういろ》の魔物《まもの》が、イレシュに近寄《ちかよ》っていきました。

「おまえ、今なんと言った？」

「シルン　カムイ　ネゥン　オマンワシム！」

イレシュは魔物を追《お》い払《はら》うように手を伸《の》ばして叫《さけ》びましたが、なぜか赤銅色の魔物はにやりと笑いました。

「こいつだ。間違《まちが》いない」

赤銅色の魔物の声に、ほかの魔物たちはすぐに動き出しました。

「あいつだ」

「あいつだ」

「間違いない！」

と、口々に言いながら、イレシュの周りに集まってきました。

（えっ、ど、どういうことだ？）

呪文《じゅもん》はまったく効《き》かなかったどころか、かえって逆効果《ぎゃくこうか》だったようです。赤銅色の魔物はイレシュをかばおうとしていた上の弟も、しがみつく下の弟も引きはがし、放り投げました。

「お姉ちゃん！」

「マヒト！　シュナ！」

悲鳴のように弟の名を呼《よ》ぶイレシュのえりくびをつかみ、赤銅色《しゃくどういろ》の魔物《まもの》は近くにあったシンターの方に引きずってゆきました。そのシンターはほかのシンターと違《ちが》い、大きくて、箱のようなものがついています。魔物は重そうな箱のふたを開け、そこにイレシュを放《ほう》り込《こ》もうとしました。

「離《はな》して！　離してよ！」

その時、魔物が吠《ほ》えるように叫《さけ》び、イレシュから手を離しました。魔物の腕《うで》には、一本の矢が突《つ》き刺《さ》さっています。イレシュは矢が飛んできた方向を見て叫びました。

「チポロ！」

チポロは次の矢をかまえ、自分に飛びかかってきた別の黒い魔物に向かって放ちました。黒いコウモリのような魔物は地面に落ちると、砂《すな》が崩《くず》れるように散ってゆきます。そしてそれは何百何千という黒い虫となって、飛び去っていきました。

「なんだこれ？」

とチポロが思う間もなく、腕から矢を引《ひ》き抜《ぬ》いた赤銅色の魔物が向かってきました。チポロは背《せ》中《なか》の矢筒《やづつ》をさぐって、はっとしました。

（しまった！）

狩《か》りに使ってしまい、残っている矢は二本だけだったのです。もう矢はありません。

はっと気がつくと、赤銅色《しゃくどういろ》の魔物《まもの》が目の前に立っています。魔物は棍棒《こんぼう》のような腕《うで》で、チポロの顔を殴《なぐ》りつけました。

「チポロ!」

チポロが最後に聞いたのは、イレシュの自分を呼《よ》ぶ声でした。

気がつくと、目を赤くしたチヌの顔がありました。

「おばあちゃん?」

飛び起きて見回すと、魔物に殴られた頭がずきずきし、すすけた天井《てんじょう》がぐるぐると回りました。どうやら自分の家の中でした。そして最後の記憶《きおく》は夕暮《ゆうぐ》れだったはずなのに、入り口から射《さ》し込《こ》む日は、もう昼近い明るさです。

「おばあちゃん……イレシュは?」

うめきながら聞くチポロに、チヌは首をふりました。

「イレシュはどうなったの? おばあちゃん、おばあちゃん!」

「イレシュは……」

チヌはチポロに語りました。

あの一撃《いちげき》で、チポロが気絶《きぜつ》したあと、イレシュは足もとの大きな石を拾い、赤銅色の魔物に向かっていきました。しかし、そんなもので巨人《きょじん》のような魔物《まもの》にかなうはずもなく、石はあっさり取り上げられ、再《ふた》び捕《つか》まってシンターの箱に放《ほう》り込《こ》まれてしまったのです。

そして、そのシンターに従《したが》うように、すべてのシンターが向きを変え、北の方に滑《すべ》るように去っていったのでした。

「そんな……」

チヌの話を聞いて、チポロは愕然《がくぜん》としました。

「イレシュは勇敢《ゆうかん》だったよ。みんな勇敢だったけど、イレシュが一番だったよ。イレシュが向かっていってくれたから、おまえはあの魔物にとどめを刺《さ》されずに済《す》んだんだ」

チヌにそう言われても、チポロはなにも嬉《うれ》しくありませんでした。涙《なみだ》がほおを止めどなく流れ落ちました。

イレシュの父や村の男たちは魔物の船を追いかけましたが、だれも魔物たちにはかなわず、ほうほうの体《てい》で帰ってきたということでした。

魔物たちと戦った人々は、体だけでなく、心に傷《きず》を負いました。ある者はそれからずっと悪夢《あくむ》にうなされ、ある者は日中から幻《まぼろし》を見て怯《おび》え、ある者はそれらから逃《に》げるために酒に溺《おぼ》れるようになりました。

父親たちが変わってしまえば、母親たちも変わってゆきます。前とは違《ちが》ってしまった夫たちの姿《すがた》に泣き、あきれ、その怒《いか》りや苛立《いらだ》ちを、子どもたちにぶつけるようになりました。

村は荒《あ》れてゆきました。

(どうして、こんなことになったんだろう?)

チポロには、信じられませんでした。大勢《おおぜい》の、自分の何倍も力の強い大人たちや年上の若者《わかもの》たちが負けるなんて、負けたことでこんなに変わるなんて……。

チポロはもともとつきあいが薄《うす》かった村の人々から離《はな》れ、ますます一人でいることが多くなりました。そして気がつくと、いつも海に向かっていました。あの日、ツルを射落《いお》としたのはチポロの矢だ、とイレシュが言ってくれた浜辺《はまべ》です。

「イレシュ……イレシュ!」

チポロは叫《さけ》びました。

「イレシュ、イレシュ――!」

どんなに叫んでも、返ってくる声はありませんでした。

七、願いと思い

イレシュがいなくなってから、九三年が過《す》ぎました。

厳《きび》しい冬と優《やさ》しい春、歓《よろこ》びの夏と実りの秋が三度めぐりました。あれからもう二度と、ススハム・コタンに魔物《まもの》たちはやってきませんでした。

大ジカもコウモリの群《む》れも、シンターに乗った異形《いぎょう》の者も現《あらわ》れることはなく、平穏《へいおん》な日々に、人々は落ち着きを取《と》り戻《もど》してゆきました。魔物と戦った傷《きず》は、一見ひどく深く見えましたが、治ってしまうと不思議に跡《あと》は残りませんでした。ある者は、

「まるで、戦ったのが嘘《うそ》のようだ」

とさえ言いました。人々は傷が癒《い》えると同時に、あの悪夢《あくむ》のような出来事を忘《わす》れてゆきました。

父親たちや兄たちにかつての自信と落ち着きが戻ると、母親たちもほっとし、笑顔《えがお》を見せるようになりました。母親たちが嘆《なげ》きや怒《いか》りをぶつけることもなくなって、子どもたちもまた親たちにびくびくすることはなくなりました。

村には再《ふたた》び、子どもたちの笑い声がひびく毎日が戻《もど》ってきました。

チポロは十二歳《さい》になっていました。

大人ほどではありませんでしたが、もうずいぶんと背《せ》が伸《の》び、手足も太くなり、レプニにもらった弓も使いこなせるようになっていました。チポロが射《い》る矢は遠くまで飛ぶだけでなく、狙《ねら》った獲物《えもの》をめったに外すことはありませんでした。そのためチポロが狩《か》った獣《けもの》は傷《きず》が少なく、高値《たかね》で売れました。

チポロとチヌの家は、もう昔ほど貧《まず》しくはありませんでした。いつも人の家で、身を粉《こ》にして働いていたチヌは、家で自分とチポロの着る布《ぬの》を織《お》れるようになり、その布で二人の衣《ころも》を作りました。チポロも他人の古着をもらって、つぎをあてて着ては、

「それ、おれが着てたヤツだ」

と、ほかの子どもから笑われるようなこともなくなりました。

身なりも見栄《みば》えもよくなったチポロは、少し年上の若者《わかもの》たちから、村の祭りや祝い事によく誘《さそ》われるようになりました。大人たちから「いっしょに組んで狩りをしよう」と声をかけられることも多くなりましたが、チポロはいつも断《ことわ》りました。

村の集まりに行けば、そこにイレシュがいないことが気になって、チポロは少しも楽しめませ

んでした。それにチポロは狩《か》りのあと、一人でやりたいことがあったのです。

チポロはいつからか、村の人々から、「気難《きむずか》し屋《や》」と呼《よ》ばれるようになっていました。


ある日のことでした。一人で村を歩いていたチポロは、おだやかな空と海と、そこで平穏《へいおん》な暮《く》らしを営《いとな》む人々を見て、

(もうみんな、魔物《まもの》のことも、イレシュのことも忘《わす》れたみたいだ)

と、思いました。

(たった三年前なのに)

チポロはあれから一日だって、イレシュのことを忘れたことはありませんでした。浜辺《はまべ》に行けば、いっしょに貝を拾ったこと、森に行けば、キノコや木の実を探《さが》したこと、村の広場に行けば、自分を手招《てまね》きし、いろいろと村のことを教えてくれたことを、かならず思い出すのです。

(どうしてみんな、忘れてしまえるんだろう?)

実は人々は、忘れたのではありませんでした。いくら傷《きず》が癒《い》えたとはいえ、あったことをなかったことにすることはできません。そこで、あの魔物たちがイレシュに言った「こいつだ」という言葉から、数々の悪い予兆はみな、イレシュのせいだったと思うようになっていたのです。つまり、この村にイレシュがいたから魔物が現《あらわ》れたり、嫌《いや》なことが起こったりしたのだと——。

ある時、チポロは、村でいたずらをした子を叱《しか》る母親が、

「ほら、悪いことする子は魔物《まもの》に連れていかれるよ」

と言うのを聞いて、耳を疑《うたが》いました。

「おい、今なんて言った？　もう一回言ってみろよ」

チポロを知らない母親は、その剣幕《けんまく》にびっくりしました。

「なんでそうなるんだよ。そんなこと言ったら、まるでイレシュが悪い子だったみたいじゃないか。イレシュはそんな子じゃなかったのに！」

チポロの怒鳴《どな》る声に、小さな子どもは泣いて母親にしがみつきました。母親もまたチポロに怯《おび》えています。それを見たチポロは、はっと我《われ》に返りました。

「……ご、ごめんなさい」

チポロは母子《おやこ》から走って離《はな》れました。

(俺《おれ》はなにやってんだ。あの母子に怒《おこ》ったってしょうがないのに！)

走って走って、チポロは村の外れの森の中にやってきました。

(みんな、忘《わす》れたいんだ。楽しい、誇《ほこ》らしい記憶《きおく》は語《かた》り継《つ》がれてゆくけれど、苦しい、うしろめたい記憶は、みんななかったことにしたい。だれにも救えなかったイレシュのこともそうなんだ)

だれもいない森の中で落ち着くと、チポロは大きく息を吐《は》きました。そしていつも決めている

大きな木に登り、ほどよく張《は》り出《だ》した枝《えだ》に両足をかけてぶらさがりました。遠くに村の家々が、逆《さか》さまに見えます。

（みんなが忘《わす》れても、俺《おれ》は忘れない。ぜったい忘れないからな）

天地が逆さまになった光景は、天邪鬼《あまのじゃく》な自分の気持ちにぴったりだと思いました。

もう一度大きく息を吐《は》き、ぶらさがったまま、チポロはゆっくりと上体を起こしました。一回、二回……と続けるうちに頭に血が上り、ひざの裏《うら》がこすれて痛《いた》くなってきます。さらに腹《はら》の筋肉《きんにく》もきしんできましたが、

（昨日は二十回できたんだ。今日は二十一回！）

と、続けました。それが終わると、今度は片手《かたて》でぶらさがり、体を枝の高さまで持ち上げました。

（これは昨日は三十回いった。今日は三十一回！）

目標の数字になると、チポロは腕《うで》をかえて、また繰《く》り返《かえ》しました。

三年前に、シカマ・カムイの家来と競《きそ》いあってから、チポロは毎日こんなことをしていました。腕や体をきたえたあとは、あのレプニと競った時と同じだけ離《はな》れた的に向かって、弓を射《い》ます。チポロは一年で、確実《かくじつ》に真ん中に当てられるようになりました。

（やった！）

その的に初めて当てた時、チポロは有頂天《うちょうてん》になりましたが、すぐに考え直しました。

(でも、あの人もこの一年で、もっとうまくなってるかもしれないな)

チポロは次の日から、利《き》き腕《うで》ではない左手で射《い》る練習を始めました。万が一、再《ふたた》び勝負を挑《いど》んだ時に、右手をけがしていても大丈夫《だいじょうぶ》なようにです。最初は近くの的にさえまったく命中しませんでしたが、一年たってなんとか右と同じくらいできるようになりました。

そして三年目は、目をつぶっても射る練習を始めました。それができるようになると、今度は木の枝《えだ》に足をかけて、逆《さか》さまになっても当てられるように練習しました。これが一番きつい練習でした。頭に血が上り、集中できず、風に揺《ゆ》れて狙《ねら》いが外れます。けれど、何度かに一度は成功するようになり、ついに今日は十本中十本当てられるようになりました。遠くになっている野ブドウを、枝にぶらさがって射落とすことができたのです。

チポロは射落とした野ブドウを持って、イレシュの家をたずねました。

久々《ひさびさ》にたずねたイレシュの家は、なんだか前より汚《きたな》くなったように見えました。それはおそらく、イレシュの母が臥《ふ》せがちになったせいだろうとチポロは思いました。こまめに手入れをする人がいないと、家はすぐに散らかり、荒《あ》れてすさんでゆくものです。

家の前では、イレシュの上の弟マヒトが、下の弟のシュナと遊んでいました。

「あ、チポロにいちゃん」

「よう、マヒト。おばさん、いるかい？」

「うん。いるよ」

チポロは家の中に声をかけました。

「こんにちはー」

声をかけても、中からの返事はありませんでした。「こんにち……」と言いながらチポロは中をのぞき込《こ》みました。そのとたん、

「イレシュかい？」

という声とともに、イレシュの母がばっと走《はし》り寄《よ》り、チポロの腕《うで》をつかみました。

「お、おばさん。俺《おれ》だよ」

「ああ、チポロ……ごめんなさい」

イレシュの母は、チポロから手を離《はな》しました。俺をイレシュと間違《まちが》えるなんて、とチポロは思いました。チポロとイレシュは昔の背丈《せたけ》こそ同じくらいでしたが、顔もなにも似《に》ていません。

（きっと、おばさんはイレシュと同じくらいの年の奴《やつ》は、みんなイレシュに見えるんだ）

そう思うと、チポロは切なくなりました。

「これ、どうぞ」

「ああ、イレシュの好きだった野ブドウね。ありがとう」

イレシュの母は、チポロを見上げて礼を言いました。小柄《こがら》なイレシュの母の背丈《せたけ》を、チポロはいつのまにか追《お》い抜《ぬ》いていました。

「大きくなったわねえ。弓もすごく上手になったって聞いてるわ。『もう、この村に、チポロほどの射手《いて》はいない』って、ウチの父さんも言ってる。大したもんだわ、たった十二で」

「ありがとう」

チポロは素直《すなお》に礼を言いました。

「おばさん。俺《おれ》、左手でも右と同じように矢を射れるんだよ」

「そう」

「それから、目隠《めかく》ししても的に当てられるんだよ。木から逆《さか》さにぶらさがっても」

「……すごいわね」

イレシュの母はほめてくれましたが、その声は昔のように弾《はず》んでもいなければ、顔には笑《え》みもありませんでした。

「うん、特訓したんだ。全部できるようになったらやるって、決めてたことがあるから」

「なに？」

チポロは深呼吸《しんこきゅう》して言いました。

「俺《おれ》、この村を出てイレシュを捜《さが》し出《だ》す。そして、かならず連れて帰ってくる」

大喜びしてくれると思ったイレシュの母は、首をふりました。

「ありがとう、チポロ。でも、もういいのよ」

「えっ？　ど、どういうこと？」

「もう三年も帰ってこないのよ。父さんもあちこち行くたび、いろいろ聞いて捜してる。でもなにもわからないのよ。あの子が生きてるかどうかだって……」

「生きてるよ。イレシュはぜったいに生きてる！」

「チポロ……ありがとう。でも、もう、そう信じているのにも疲《つか》れたのよ」

「おばさん……」

がっくりとうなだれるイレシュの母の髪《かみ》は、チヌのそれのように白くなっていました。チポロはもうそれ以上なにも言えず、イレシュの家を出ました。

イレシュの家を出たチポロに、マヒトが待ちかまえていたように寄《よ》ってきました。

「チポロにいちゃん」

「なんだ？」

マヒトは黙《だま》ってチポロの手を引《ひ》っ張《ぱ》りました。家のそばでは話したくないのかと思ったチポロは、二人で少し歩きました。

「チポロにいちゃんは、お姉ちゃんが生きてると思う?」

「ああ、生きてるさ。当たり前だろ」

チポロがそう言うと、マヒトの目が輝《かがや》きました。

「そうだよね! おれもそう思う。だって、この間、夢《ゆめ》に出てきたんだ」

「夢?」

「うん。別れた時より少し大きくなってた。そんでね、そばに男の人がいたんだよ」

「男? どんな男だよ?」

チポロはちょっと気になりました。

「う〜ん。ちょっと変わった人だった。目の色が黄色と青色で、光が当たると金色と銀色になるんだ。おかしいよね?」

「黄色と……青色?」

その対象的な瞳《ひとみ》の色を思《おも》い浮《う》かべて、チポロははっとしました。その目の色は、イレシュがいなくなる少し前に、助けた蛇《へび》と同じでした。

(イレシュはあの蛇のことを、マヒトに話したんだろうか?)

しかしチポロがたずねると、「えっ、そんなの知らないよ。それ本当?」と、マヒトは驚《おどろ》いて言いました。

「ああ。俺《おれ》もその場にいたんだから間違《まちが》いない。そうか、マヒトは知らなかったのか」

マヒトの夢《ゆめ》が、イレシュが生きている証拠《しょうこ》になるわけではありません。しかし、なぜかそのわずかな偶然《ぐうぜん》に、チポロの中の「イレシュは生きている」という確信《かくしん》が、さらに強くなりました。

「でも、生きているなら、なんで帰ってこないんだろう。みんな心配してるのに……」

「そりゃ、魔物《まもの》たちに捕《つか》まってるからだろ？」

「夢の中では、自由に歩いてたよ。大きな船がたくさんある、海のそばだったよ」

「ほんとか？」

「うん」

「………」

チポロは考《かんが》え込《こ》みました。マヒトの夢をすべて信じたわけではありませんでしたが、チポロもまた、イレシュがただ捕まっているだけだとは考えられなかったのです。

「もしかして、なにか帰れない理由があるのかもな。ほら、なんか困《こま》った人に頼《たの》まれたとかさ。イレシュのことだから、断《ことわ》れなくなってるのかも」

「困ってる人って？」

「えーと、たとえばだな、そばに病人とか弱い人がいて、その世話を頼まれてるとか……」

チポロは適当《てきとう》にごまかしましたが、マヒトはなぜか強くうなずきました。

「そうだよね。きっと、理由があるんだよね？」

「うん。そ、そうだな」

「そうじゃなきゃ、お姉ちゃんが帰ってこないわけないよ。ものすごく困ってる人がいるんだよ。だから帰れないいんだよ」

「マヒト……」

チポロは自分で言っておきながら、マヒトが、どうしてこんなでたらめな話を強く信じるのだろうと思いました。マヒトはイレシュに似《に》て、とても賢《かしこ》く、年より大人びていて、ふだんならこんな思いつきの話を信じる子どもではないのです。その時、チポロはマヒトの目に涙《なみだ》が浮《う》かんでいるのに気づきました。

（ああ、そうか……）

チポロの作り話は、マヒトのそうであってほしいという願いにぴったりだったのです。イレシュは死んでいない。でも自分の楽しみや、やりたいことのために家族を忘《わす》れるなんてありえない。だからきっと、自分たちよりずっと困《こま》っている人たちのために帰れないのだ——そう信じたいのでしょう。チポロがマヒトの頭をくしゃっとなでると、マヒトはチポロの体にぎゅっと抱《だ》きつき、ごしごしと顔をこすりつけました。

「おれが……おれが、もっと大きかったら、お姉ちゃんを捜《さが》しに行くのに……」

チポロははっとしました。

（そうだ。俺《おれ》はマヒトよりずっと大きいのに、なんでまだずっとここにいるんだ？）

けれど、イレシュの行方《ゆくえ》には、まったく手がかりがありません。魔物《まもの》たちのシンターは、北の海へ消え、そこから東か西か、それともさらに北なのか、どこへ行ったかまったくわからないのです。

（ああ、せめてほんの少しでも手がかりがあれば……！）

チポロはマヒトを抱《だ》きしめ、天をあおぎました。

八、噂《うわさ》

マヒトの夢《ゆめ》の話を聞いてから、しばらくしてのことでした。

トペニだけでなくほかにも、「おまえの獲《と》ったものを持ってきたら買ってやろう」と、チポロに声をかける者はいましたが、チポロはかならずトペニの所に持ってゆきました。

「おれより高値《たかね》をつける奴《やつ》もいるだろうに」

と、トペニは言いましたが、

「いいんだ。あんたはむやみに高値もつけないけど値切りもしない。それがいいんだ」

と、チポロは言いました。獲物《えもの》をとって売る時に、うまく交渉《こうしょう》して値を上げてもらう者もいましたが、そういうことが得意ではないチポロにとって、小さな獲物しかとれなかったころから目をかけてくれたトペニは、安心できる相手でした。

「そりゃ、ありがとよ。あの時、ツルの羽根を買いに行ってよかったよ」

トペニが初めてチポロに声をかけたのは、あのツルの神に出会ってすぐのことでした。みごとなツルを射《い》た子どもがいると聞いて、矢羽根にする白い羽根を買いに行ったのです。

(子どもが射たんじゃ、羽根は傷《いた》んでるかもな)

と思ったトペニは、チポロの家に行って驚《おどろ》きました。羽根はすべてきれいに汚《よご》れを拭《ふ》き取《と》られ、大きさで分けられ、きちんと十本ずつ束ねられていたのです。トペニはてっきり、もうどこかに売る予定があるのかと思いましたが、そうではないと聞いてさらにびっくりしました。

(なんてしっかりした婆《ばあ》さんだ。この婆さんに育てられたなら信用できる)

そう思ったトペニは、それらを相場より高い値《ね》で買い取り、チポロとの関係が始まりました。

そんなトペニの所には、あちこちの狩人《かりゅうど》や商人が出入りしていました。たまに行くと、遠方から来た商人がおもしろい土産《みやげ》話《ばなし》をしていることもあり、チポロはそういった話を聞くのが好きでした。

ある日、いつものようにトペニの所にチポロが獲物《えもの》を持っていくと、見慣《みな》れぬ男が来ていました。あちこちの村や集落を歩いては、獲物を買いつけ、また売っている商人だとトペニは言いました。商人はチポロを見て、嬉《うれ》しそうに言いました。

「ほう、この子があんたの言うチポロか？　思ってたよりずっと若《わか》いな。いくつだ？」

「十二」

と言いながら、チポロは商人の前に今日の獲物を並《なら》べました。商人はそれらをじっくりと、吟味《ぎんみ》しました。

「うん。どれも一発で仕留《しと》めてある。矢を当てられてから暴《あば》れてついた傷《きず》がないな。よし、全部買おう。こんな村では金の使い道もあるまい。支払《しはら》いはこの中のものでどうだ?」

チポロは商人が並《なら》べたものを見ました。短刀、鉄の矢じり、釣《つ》り針《ばり》……どれも、この村ではなかなか手に入りにくく、高価《こうか》なものばかりです。特に鉄の矢じりは、自分で作る竹根の矢じりよりずっと固く、チポロの心はほとんどそれに決まりましたが、ほかの珍《めずら》しいものもついでに見ていました。

「じっくり選んでくれ」

と言って、商人はトペニと酒を飲みながらの世間話に戻《もど》りました。チポロが聞くともなく聞いていると、それは北の果てにあるノカピラという、大きな港の話でした。商人が並べた珍しい品物は、みんなその港で買いつけてきたのです。

「さいはての港が、そんなに栄えてるなんて」

と、チポロが思わず呟《つぶや》くと、

「さいはてといっても、海の向こうの北の国から、大きな船もやってくる。海流のせいで冬でも凍《こお》らないから、一年中いろんな取引が行われているのさ」

と、商人は言いました。

「にぎやかで楽しいだろうなあ」

と、トペニが言うと、

「いや、それがそう楽しいばかりでもない」

と、商人は首をふりました。

「栄えている所というのは豊《ゆた》かな者とそうでない者の差もはげしい。その港でも、金持ちは暖《あたた》かい大きな家に住んでいるが、貧乏人《びんぼうにん》は雪の降《ふ》る道の上で餓死《がし》している。そんな所だったよ」

「暖かい大きな家に住んでいる者が、家に入れてやりゃあいいのに」

トペニが言うと、

「そんなことはしないんだよ。ノカピラでは」

と、商人は笑いました。

「じゃあ、冬は人がばたばた死んでいくのかい？」

「ああ、そういうことも珍《めずら》しくない。ところが、ここ数年、不思議なことが起きてるんだ。冬の夜、どこからか十二、三歳《さい》くらいの娘《むすめ》がやってきて、貧《まず》しい家の前に、凍《こお》った魚や鳥を置いていくんだ。片親《かたおや》だったり病人がいたり子だくさんだったり、とにかく食うものに困《こま》ってる家ばかりだ。そのおかげで、飢《う》えや寒さで死ぬ子が減《へ》ってるんだとさ」

「へえ、そりゃ奇特《きとく》な娘だね。いったい何者なんだい？」

「それがわからないんだよ。なかなかのべっぴんだから、くどこうとする者もいて、ある時わざとボロ屋の前で待ちぶせして、その娘《むすめ》の手をにぎった男がいたんだ。ところが！」

商人が大げさに盛《も》り上《あ》げるので、チポロも思わず顔を上げました。

「その男は凍《こお》りついちまったのさ。娘が持ってくる魚や肉みたいにね」

「えっ！　じゃあ、そいつは凍《こご》え死《し》んじまったのかい？」

びっくりするトペニとチポロに、「いやいや」と商人は首をふりました。

「死にはしなかったが、その手には重いしもやけが残ってな。あやうく切り落とさなきゃならないところだったんだとさ」

「ほおー。そりゃ不思議な話だ」

なんだ、とチポロは心の中で苦笑《くしょう》しました。手に触《ふ》れたものが凍りつくなんて、神さまならともかく人間なのに、そんなことがあるわけがありません。

（どうせそんなの、娘にふられた男が、腹《はら》いせに話しているだけだ。『あの娘はろくでもない化け物だ』って。その男はきっと、そう思いたいんだ……）

みんな思いたいように思うのさ、とチポロはさめた気持ちで、品選びに戻《もど》りました。

「その娘はノカピラでは『魔女《まじょ》』って呼《よ》ばれてたよ。白いアザラシの毛皮に靴《くつ》。そして、きれいな声で子守唄《こもりうた》を歌うんだってさ。シルン　カムイ　ネゥン　オマンワシム……」

男の言葉に、チポロの手が止まりました。

「今のは?」

「ノカピラの古い子守唄《こもりうた》さ」

そう言って商人はぐびっと酒を飲《の》み干《ほ》しました。

「ノカピラの?」

なんで母さんが遠いノカピラの子守唄を知っていたのだろうとチポロは思いましたが、それよりもさらに気になるのは、「魔女《まじょ》」と呼《よ》ばれる娘《むすめ》が歌っていたということです。

「ああ。みんな忘《わす》れてたような古い歌だったんだが、その魔女が歌ってから、はやりだしたんだよ。助けてもらった子どもの間にね」

「それを、ほんとにその魔女が?」

「ああ、おかしいだろ。子守唄を歌う魔女なんて。で、どれにする?」

チポロは迷《まよ》わずアザラシの毛皮の靴《くつ》を指さしました。

「おや、矢じりじゃないのか? でもこの靴はいい品だよ。どこまでも歩けるいい靴だ」

「ありがとう」

チポロは靴を抱《かか》えて、トペニの家を出ました。

(イレシュだ。あの呪文《じゅもん》だ。俺《おれ》が教えたヤツだ!)

チポロはその場で古い靴《くつ》を捨《す》て、新しい靴を履《は》きました。まるで自分のためにだれかが作ってくれたように、毛皮はぴったりとチポロの足を包みました。外側は丈夫《じょうぶ》な皮、内側は柔《やわ》らかいみっしりとした毛。これならどんな雪の中だって氷の上だって歩いていけます。

チポロはその靴を履いたままイレシュの家に走りました。

「おばさん、俺《おれ》、ノカピラに行くよ!」

イレシュの母は、突然《とつぜん》のことでわけがわからず、

「ノカピラって、なんのこと?」

と聞きました。

「イレシュのいる所だよ。イレシュを迎《むか》えに行くんだよ」

チポロは今、商人から聞いてきたばかりのことを話しました。

「そんな。それだけでイレシュだなんて……」

「きっとそうだよ」

「でも、おかしいわ。なんでその娘《むすめ》の手をにぎった者は凍《こお》りつくの? まるで魔物《まもの》じゃない。イレシュだとしたら、そんなのありえないわ」

「だからさ、凍りついたなんてのは嘘《うそ》に決まってるよ。きっとイレシュにふられた男が、腹《はら》いせに悪いことを言ってるだけさ」

「そうかしら。それだけで、遠い土地の噂《うわさ》が、こんな所まで流れてくるの？」

「そんなもんさ、人の噂なんて。とにかく俺《おれ》、行くよ。やっとつかんだ手がかりだ」

「………」

「どうしたの？　おばさん」

チポロはイレシュの母が、あまり嬉《うれ》しそうには見えなかったので、また自分がよけいなことをしているのかと心配になりました。しかし、イレシュの母は首をふりました。その顔には、なんともいえない不安と、喜びと悲しみが混《ま》じったような表《ひょう》情《じょう》が浮《う》かんでいました。

「嬉しい。すごく嬉しいわ、チポロ。でも、心配で……おまえまで帰ってこなかったらどうしようって……」

「大丈夫《だいじょうぶ》だよ。俺はかならず帰ってくる。イレシュを連れてね」

「ありがとう、チポロ」

イレシュの母は、チポロをぎゅっと抱《だ》きしめました。

家に帰ったチポロは、夕飯の支度《したく》をしていたチヌに、商人から聞いたノカピラの噂のことを話しました。

「それ、本当なのかい？」

「本当だと思う。悪いけど俺《おれ》は、おばあちゃんが反対したって……」

「反対なんかしないよ」

「えっ?」

てっきり反対されると思《おも》い込《こ》み、力んでいたチポロは拍子抜《ひょうしぬ》けしました。

「おまえはいつか、一度はここを出ていくだろうと思ってたよ。退屈《たいくつ》だろ、こんな年寄《としよ》りと二人きりの生活なんてさ」

「そんなことないよ」

チポロは本心からそう言いましたが、チヌはさらりと返しました。

「いや、いつかきっとそう思う日が来る。わたしがおまえだったらね。そして、ここを出ていくよ。この暮《く》らしが嫌《いや》になるか、ここではできないことのためにね」

「この暮らしのせいじゃない。おばあちゃんのせいじゃないよ」

「そうさ。イレシュのせいさ」

「そんな……!」

チポロはチヌまでイレシュのことを悪く言うのかと思いましたが、チヌは急に笑い出しました。

「おばあちゃん?」

「お行き。わたしは嬉《うれ》しいんだよ。大事な孫が、なにかから逃《に》げるためじゃなく、だれかを助けるために旅立つなんて、こんな誇《ほこ》らしいことがあるかね」

「ほんとに？　ほんとにそう思う？」

「ああ。おまえは本当に、わたしの自慢《じまん》の孫だよ。大好きだよ」

チヌはそう言ってチポロをぎゅっと抱《だ》きしめました。抱きしめられたチポロはなにも言えませんでした。勝手にこんな大事なことを決めたのに、許《ゆる》してくれたうえに、「自慢の孫だよ」と言ってくれるなんて。

(俺《おれ》だって大好きだよ！)

そんなことは恥《は》ずかしくて言えないし、言ったら泣いてしまいそうでした。

「今夜はいっぱい食べて、早くゆっくりお休み」

「うん」

反対どころか励《はげ》まされたチポロは、すっかり安心してチヌの作った鍋《なべ》をたいらげ、ぐっすりと眠《ねむ》りました。

チポロはその夜一晩中《ひとばんじゅう》、チヌが孫の無事を願って、海のカムイと山のカムイに祈《いの》り続《つづ》けていたことなど、知るよしもありませんでした。

次の日の朝、チポロが起きると、チヌはおいしそうな朝ごはんと弁当《べんとう》と、細長い古い革袋《かわぶくろ》を用意していました。

「おはよう。おばあちゃん、この袋なに？」

「ああ、それかい？　おまえになにか持たせられるものはないかと、家の中をいろいろと探《さが》したんだけど、今さら役に立ちそうなものは出てこなくてねえ」

わざわざ自分のためにそんなことを、とチポロは胸《むね》が熱くなりましたが、あるものすべてが一目で見渡《みわた》せるようなこの家から、なにも出てはこないだろうと思いました。

チポロが自分でかゆをよそって先に食べ始めると、チヌは革袋の口を締《し》めていたひもをほどき、中から二本の細い矢を取り出しました。

「これは梁《はり》の陰《かげ》にあったんだけど、矢じりがついてないんじゃねえ」

かゆをすすっていたチポロは、それを見てはっとしました。

「おばあちゃん、それ見せて！」

チポロは、驚《おどろ》くチヌの手から二本の矢をとると、じっと見つめました。矢には、まるで作られたばかりのように、薄《うす》い緑の木の皮の色が残っていました。

「おばあちゃん。これ、だれが作ったの？」

「だれって、父さんだよ。この家にあった弓矢はみんな、おまえの父さんが作ったんだもの。やけどしてからは利《き》き腕《うで》の右手があんまり使えなくてね、苦労して左手で作ってたよ」

「そうか。そうだよね……」

チポロがレプニとの弓比《ゆみくら》べで使った弓も矢も、父が残したものでした。父が死んだ時に、家にはその弓が一つと数十本の矢がありましたが、弓はあの時に壊《こわ》れ、矢はとっくの昔に使いきっていました。

「これ、父さんが作った最後の二本だね」

最後の二本というのは、チポロにとって「手元に残ったもの」という意味でしたが、チヌは
「そうだね。最後だね」とうなずきました。

「あれは、あの子が亡《な》くなる少し前だね。おまえが二つのころ、近くの山に大ジカが出て、村のみんなで退治《たいじ》に行ったんだ。だれも大ジカを射《い》ることはできなかったのに、片手《かたて》の使えない父さんが足で弓をかまえ、矢じりのない矢を空に向けて飛ばしたら、急に大ジカがぱたりと倒《たお》れたんだってさ。まあ、本当かどうかわからないけどねえ」

チポロはごくりと息を呑《の》みました。

(それ、本当だよ。これは〈魂送《たまおく》りの矢〉だ。父さんはこれを作れる人だったんだ……)

二本の矢は細く柔《やわ》らかくしなり、どうやら柳《やなぎ》の木のようでした。柳の木は籠《かご》や子どもの玩具《おもちゃ》の矢などにはよく使いますが、狩《か》りで使う矢に使ったりはしません。それこそが、この矢が〈魂送

りの矢〉だという証拠《しょうこ》だと、チポロは思いました。

〈でも、あの人は『神か、神の命を受けた者にしか作れない』って言ってたのに……。父さんが神さまってのは、ありえないよな。俺《おれ》みたいに、どっかで会ったのかなあ？〉

不思議に思うチポロに、「そういえば」と、チヌが言いました。

「その矢を作るちょっと前、夢《ゆめ》の中におまえの母さんが現《あらわ》れたとか言ってたね。どこかへ丸一日出かけたかと思うと、柳《やなぎ》の木を切って持って帰ってきたんだよ。柳の木なんてそこらに生えてるのに」

チポロはいつも見る夢のことを思い出しました。

「それ、役に立ちそうかい？」

「うん。おばあちゃん、ありがとう」

夢のことを思い出したついでに、チポロはたずねました。

「そういえば、おばあちゃん。父さんてさ、なんであんなに大きなやけどがあったの？」

チポロにとっては、父にはやけどがあるのが当たり前で、今まで理由を考えたこともありませんでしたが、よく考えるとかなりひどいやけどでした。

「あれはね、あの子の友達の家が火事になったんだよ」

「それって、雷《かみなり》で？」

「そうだよ。よく知ってるね。友達はそれで死んじゃったけど、あの子は火の中に飛《と》び込《こ》んで、その妹や弟を火事から救ってやったのさ。その一人がイレシュの母さんなんだよ」

夢《ゆめ》の中で父さんが言っていたのとは違《ちが》うなあ、とチポロは思いました。夢の中では、「どうして雷《かみなり》に打たれたの？」と聞くチポロに、

「悪いことをする人を、止められなかったからさ」

と言っていたような気がします。

（悪いことをする人じゃなくて、友達で、雷に打たれたんじゃなく、火事だったのか。じゃあ、あの夢はなんなんだろう？）

チポロはなんとなく腑《ふ》に落《お》ちませんでしたが、昔のことをなんでも覚えているしっかり者のチヌの言うことの方が、正しいような気がしました。それに、父の傷《きず》が人助けによってできたものだったなんて、チポロはちょっと誇《ほこ》らしい気持ちでした。

「でも、あの子のやけどはひどくてね。もう一生嫁《とつ》いでくる娘《むすめ》なんていないだろうと思っていたら、村中のどんな美人も足もとにも及《およ》ばない娘が来てくれたんだから、びっくりしたよ」

チポロはまた嬉《うれ》しくなりました。「チポロのお母さんは、それはきれいだったのよ」と、イレシュの母もよく言っていたので、チヌの嫁《よめ》びいきではないようでした。勇敢《ゆうかん》な父と、きれいな母の話に、チポロはすっかり気分がよくなりました。

「そうだ。おばあちゃん、母さんてノカピラから来たとか言ってなかった?」

「いいや。ノカピラなんて、昨日《きのう》おまえから初めて聞いたよ」

母は、ただ「北の方から来た」とチヌには告げていたのでした。

「そうか……。ごちそうさま。じゃあ、いってきます」

「ああ、気をつけてね」

まるでいつもの狩《か》りのように、チヌはチポロを送り出しました。


村の外れで、チポロは一度だけ自分の来た道をふり返りました。

緑の山のふもとに、小さな川が流れ、その川に沿《そ》うように家々が連なっています。小さいけれど豊《ゆた》かで、貧《まず》しいチポロやチヌも、飢《う》え死《じ》にすることはなく生きてこられた村でした。

(ススハムのおかげといえばおかげか)

背負《せお》った荷物の中には、チヌが持たせてくれたススハムの干物《ひもの》が一束入っています。骨《ほね》っぽくて好きな魚ではありませんでしたが、やっぱりありがたい、と思いました。

(今度ここに帰ってくる時は、イレシュといっしょだ)

チポロは心の中でそう誓《ちか》って、歩き出しました。

もう村の人々とはしばらく会わないだろうと思ったのに、歩き出してまもなく、意外な人物が道の向こうから歩いてきました。

「プクサ？」

「チポロ？」

プクサはチポロの格好《かっこう》を一目見て、これはいつもの狩《か》りではないとわかったようでした。

「おまえ、どこ行くんだよ」

「ちょっと遠くまでさ」

ここでくわしく説明している時間はない、と思いました。本格的《ほんかくてき》な冬が来る前に、少しでも進みたかったのです。

「まさか、おまえ。イレシュを捜《さが》しに行こうなんて思ってるんじゃないだろうな」

チポロは立ち止まりました。

「おまえも、あの商人の話を聞いたんだろ？」

「えっ、なんでそれを？」

「あの商人はいつも、珍《めずら》しい酒や飾《かざ》り玉《だま》をウチに持ってきてくれるのさ。だから俺《おれ》も、噂《うわさ》を聞いたんだ。北の果ての港ノカピラにいるっていう、魔女《まじょ》のことさ」

「それで？」

どうせプクサは自分のことを馬鹿《ばか》にするんだろう、とチポロは思いました。そんな噂《うわさ》を信じるのか、と。しかし、プクサは言いました。

「イレシュは魔物《まもの》に連れていかれたんだぞ。今も魔物といっしょにいるかもしれないんだぞ。おまえ、怖《こわ》くないのか？」

なんだ、とチポロは思いました。その言い方からして、プクサは自分と同じように噂を信じているようです。しかも、もしかすると、自分と同じように行きたいと思っているのかもしれません。

「ああ、怖いよ」

チポロは正直に言いました。

「怖いさ。知らない土地も、魔物も、変わってるかもしれないイレシュも、全部怖い」

「そうだろ？　大人たちだって負けたんだぞ。なのに、なんでおまえは行くんだよ」

「……俺《おれ》は負けるのなんか慣《な》れてる。俺は生まれてからずっと負け続けだったんだ。おまえと違《ちが》ってさ。だから今さら、何回負けたってどうってことないんだ」

「………」

「じゃあな」

そう言ってチポロは、再《ふたた》び歩き出しました。プクサはこれからもずっと、あの村を出ることなく、村の中では勝ち続けるのだろうと思いました。

「正気かよ！　おまえ、苦労して行ったって無駄《むだ》かもしれないんだぞ」

うるさいなあ、とチポロはふり返《かえ》りました。自分がなにをしようが勝手なのに、なんだってプクサは止めるのでしょう。

「……だからって、なにもしないでいるなんてできるかよ！」

怒鳴《どな》るつもりはありませんでしたが、自分でもびっくりするくらい大きな声でした。でも、それはチポロの心からの叫《さけ》びでした。これから死ぬまでずっと、イレシュのいない村で、なにもせずに暮《く》らしていくなんて、チポロには耐《た》えられなかったのです。

「俺《おれ》は、なにもしないなんてできないよ。なにもしなかったら、あの時のことばっかり考えるじゃないか。一番ひどい時のことばっかり。そっちの方が我慢《がまん》できないんだよ！」

プクサはチポロをじっと見ました。

「おまえ、すげえな……」

「えっ？」

その時、チポロは気がつきました。「怖《こわ》くないのか」「大人たちだって負けたんだぞ」「行ったって無駄かもしれない」──それらはみんな、プクサがプクサ自身に言っていた言葉だったのだと。

「これ、使えよ」

プクサは自分の腰《こし》ひもに結びつけていた小刀をさし出しました。このあたりでは一番の職人《しょくにん》が作った最高のものです。

「いいのか？」

「ああ」

「じゃ、もらうよ。ありがとう」

チポロが小刀を受け取ると、プクサは少し寂《さび》しげに笑いました。

九、旅の仲間

水面《みなも》がきらきらと輝《かがや》いています。

しずかに流れる川のほとりの柳《やなぎ》の下で、父は細い木を削《けず》っていました。指がよく曲がらない右手で、ひざにのせた枝《えだ》を押《お》さえ、左手で枝の先を少し細く削っています。

「父さん、なに作ってるの？」

小さなチポロはたずねました。いつものようにひざに座《すわ》りたいのですが、今日は無理のようです。

「迷《まよ》ってる魂《たましい》を、天に返す矢だよ」

下を向いたまま、父は答えました。

「魂はちゃんと返してやらなきゃ、ずっと地上をさまよい続けるからね。暴《あば》れながら、荒《あ》れながら」

「どうして魂は迷うの？」

父は顔を上げ、右手でチポロのほおをなでました。

「みんな迷《まよ》うんだよ。どうしたらいいか、どこへ行ったらいいか――。神さまじゃないからね」

「神さまは迷わないの？」

父はチポロのほおをなでるのをやめ、自分の右手をじっと見つめました。

「そうだよ。神さまは、迷わない」


「父さん……？」

まぶしい朝の光に、チポロは身震《みぶる》いしながら、目を覚ましました。毛皮を張《は》り合《あ》わせた寝袋《ねぶくろ》に入っていても、顔はひりひりするような寒さです。起き上がって寝袋から出たチポロは、朝食代わりの干《ほ》し肉《にく》をかじりながら、すぐに北に向かって歩き始めました。


村を出たチポロは、とにかく北を目指しました。

あの商人にくわしく聞いたところでは、さいはての港ノカピラへ行くには、海を右手に見ながらずっと北を目指すということしかわからなかったのです。

「ノカピラが描《か》いてある地図、ゆずってもらえませんか？」

と頼《たの》みましたが、商人にとって地図は大切なものです。ゆずってくれるはずはありませんでした。その代わりにと、商人はしばらく地図を見せてくれましたが、チポロはがっくりしました。それは海を右手に、ただ海岸線がジグザグに描《えが》かれているだけのものだったからです。

「ノカピラはまっすぐ北だ。海辺に沿《そ》っていくと、ずいぶん曲がって遠回りだよ。もっと陸をまっすぐに行った方が早いんじゃないの？」

「ははは。単純《たんじゅん》に考えればな」と、商人は地図の端《はし》から端までを指さしました。

「だが、もしこの村から北の果てまで、まっすぐ行こうなんて思ったら、ひどい上り下りに道なき道、そして熊《くま》の出る森を行かなきゃならないぞ。海辺の方がまだ楽だ」

「そうか……」

たしかに海辺を行けば、道に迷《まよ》うこともありません。考えた末に、チポロは商人のように海辺の道を行くことにしました。そして歩き始めてすぐ、チポロは冬になりつつある季節に北へ向かう厳《きび》しさを実感しました。

空が晴れている時はまだいいのですが、曇《くも》り空《ぞら》になってくると、海からの風はとたんに冷たく吹《ふ》き荒《すさ》び、体が凍《こお》りついてきます。海のふちを沿うように進むつもりだったチポロは、少し海から離《はな》れ、木や岩の陰《かげ》を歩くことにしました。

(商人たちって、思ったよりすごいんだな)

チポロは今まで、猟《りょう》や漁をする人々に比《くら》べれば、物を売るだけの仕事なんてラクだろう、とどこかで思っていました。しかし、人と人が住む場所の間を、つまり人がいない所を、大荷物をかついで移動《いどう》する人々の大変さは、同じようなことをやってみなければわかりませんでした。

（どうりで、真夏や真冬にはあまり来ないよな。秋や春に来るわけだ）

もちろん、夏や冬の前に必要なものを商《あきな》うためということもありますが、自分たちの移動しやすさというのもあるのだろうと思いました。

（それを考えると、秋が終わってもうすぐ冬が来るって時に、旅を始めた俺《おれ》は、つくづく馬鹿《ばか》だな）

せめて、もう少し早く旅を始めたかったとチポロは思いましたが、それは無理な話でした。ほんの少し前までイレシュかもしれないと思える噂《うわさ》もなかったのだし、今から村に戻《もど》り、ひと冬じっとしていて、春に旅を始めるかと聞かれたら、それはぜったいに嫌《いや》でした。

（会いたい。今すぐイレシュに会いたい！）

横殴《よこなぐ》りの海風に歯を食いしばりながら、チポロは歩き続けました。


村を出てから二日たちました。まだ海沿《うみぞ》いの道に、次の村は現《あらわ》れません。

（今日は、この辺で野宿だな）

海からすぐ山になっているような険《けわ》しい道を歩きながら、チポロは夕食になりそうな獲物《えもの》を探《さが》しました。チヌが持たせてくれた干《ほ》しイモもススハムもまだ少し残っていましたが、それらはもしもの時――けがや病気をした時や、大雨などで狩《か》りができなくなった時のためにとっておきたかったのです。

松の木や楡《にれ》の木、樺《かば》の木などを見ながら歩いてゆくうちに、チポロは大きな樅《もみ》の木に、カラスの群《む》れが止まっているのを見つけました。

（よし、今日はあれだ）

チポロはカラスたちに勘《かん》づかれないよう、木の近くまで忍《しの》び寄《よ》り、弓に矢をつがえました。狙《ねら》いは低い枝《えだ》に止まっている、大きな一羽です。チポロが矢を放ったのと、カラスたちが飛び立ったのは同時でした。夕闇《ゆうやみ》の中を、いっせいに黒い影《かげ》が空へ上ってゆきます。

（外したか？）

とチポロは思いましたが、その群れの中から一羽が落ちてきました。チポロが走ってゆくと、羽根を射抜《いぬ》かれたあの大きなカラスでした。カラスはまだバタバタしていましたが、チポロは迷《まよ》わずその首をきゅっとしめました。そして腰《こし》の小刀を抜くと、首を切って足を持ち上げ血抜きしながら、野宿する場所を探《さが》しました。

一羽のカラスをさばいて、木の棒《ぼう》を刺《さ》し、焚火《たきび》で焼き上げるような形にするのは、思った以上にめんどうな作業でした。手は鳥の血と脂《あぶら》でべとべとになり、ようやくさばいた肉を木の枝に刺そうと思った時に、削《けず》った木の枝《えだ》を用意するのを忘《わす》れていたことに気づきました。木の葉をしいた地面にカラスを置き、あらためて手頃《てごろ》な木の枝を探《さが》していると、ものかげからキツネやイタチが狙《ねら》ってきます。

「あっ、こら！」

泥棒《どろぼう》を追《お》い払《はら》いながら、枝を探して先を削り、火をおこして枝を肉に突《つ》き刺《さ》しているうちに、もうすっかりあたりは暗くなっていました。料理をするだけで疲《つか》れ果《は》て、チポロは火の前にどっかりと座《すわ》り込《こ》みました。

家では、いつも包丁は切れ味よくといであり、鍋《なべ》やざるは清潔《せいけつ》に洗《あら》って干《ほ》し、料理に使う順番に並《なら》べてありました。チポロは家を出て初めて、道具の手入れや仕事の手順をととのえることが、いかに大切なことだったのかわかりました。

（おばあちゃんはさばくのも料理するのもうまかったな。いつも文句《もんく》も言わずに、全部やってくれてたんだ）

チポロは、嫌《いや》な顔ひとつせず毎日食事を作ってくれたチヌのことを思い出しました。父母の代わりに自分を背負《せお》って山に入り、川に入り、ほかの家の仕事を手伝っては穀物《こくもつ》をもらって自分を十年間育ててくれたのです。そう思うと、チポロは急に涙《なみだ》がにじんできました。

（いけね。なんで今ごろ）

チポロは涙《なみだ》をぬぐい、肉の焼け加減《かげん》をみました。ちょうどいい具合に焼けたようです。

「いただきまーす」

と言いかけた時、急にうしろで大きな羽音がしました。チポロはカラスの肉を狙《ねら》って大きな鳥が来たのかと身がまえましたが、それは鳥ではありませんでした。いいえ――鳥の姿《すがた》ではありませんでした。

「あ、あなたは……！」

チポロはせっかく焼けたカラスの肉を落としそうになりました。

「なにか忘《わす》れてないか、チポロ？」

あいかわらず美しい顔に、優《やさ》しくも厳《きび》しい表情《ひょうじょう》で、ツルの神は言いました。チポロは、はっとしました。空腹《くうふく》のあまり、〈魂送《たまおく》り〉の儀式《ぎしき》を忘れていたのです。

「す、すみません！」

「わかればよい。おまえの命が、さまざまな者の命の上になりたっていることを忘れるな」

「はい……」

チポロは素直《すなお》に頭《こうべ》を垂《た》れました。食べさせてくれた人には感謝《かんしゃ》を感じていたものの、空腹のあまり、食べ物そのものへの感謝を忘れていたからです。

しかし、ツルの神は、それだけを言うために現《あらわ》れたわけではないようでした。

「チポロ。旅はこの先長い。大変なことも多いし一人では寂《さび》しいだろう。そこで私《わたし》の友人の神に、おまえに同行してくれるよう頼《たの》んだ」

「えっ、神さまがついてきてくれるんですか？」

やった！　と内心チポロは思いました。すでに二日目で心細くなってきたこの旅に、道連れがいてくれたら、どんなに心強いでしょう。

「彼《かれ》がいっしょに行ってくれる」

「はい？」

チポロは目をこらし、神が指さした森の中を見ました。ツルの神が示《しめ》した手の向こうには、木々の枝《えだ》が織《お》りなす闇《やみ》が広がっているだけでした。人の目には姿《すがた》が見えない神なのでしょうか？

チポロはツルの神の顔を見ました。

「どうしたね。チポロ、挨拶《あいさつ》しなさい」

「え、あ、はあ？」

その時、森の中からなにかが飛んできたかと思うと、しゅっとチポロの顔をかすめ、ツルの神の手の上で、ぱたぱたと羽根をふるわせました。

「ミソサザイ？」

「そうだ。ミソサザイの神だ」

「えっ」

なんだ、こんな小さな虫みたいな鳥の神さまか……チポロのあからさまにがっくりした様子に、ツルの神は言いました。

「見くびってはいけないよ。彼《かれ》の先祖《せんぞ》は巨大《きょだい》な熊《くま》の耳を突《つ》いて倒《たお》したこともある。小さいが勇気ある神だ。おまえの旅に、これ以上の味方はない」

本当かなあ、とチポロは思いましたが、

「はあ……いえ、よろしくお願いします」

と頭を下げました。

(ツルの神さまみたいな神さまといっしょだったらよかったのにな……)

そう思いつつ顔を上げたチポロのすぐ目の前に、ミソサザイの顔がありました。

「うわっ!」

ミソサザイのくちばしから、

「おまえ。今ちょっとがっかりしただろ?」

という言葉が飛び出しました。

「い、いえ……」

と、慌《あわ》てるチポロの頭を、ミソサザイの神はつんつんとくちばしで突《つつ》きました。

「いててっ！」

頭を押《お》さえて逃《に》げるチポロを見て、ツルの神は「はっはっはっ」と笑いました。

「ミソサザイの神を甘《あま》く見ると痛《いた》い目にあうぞ」

もうあってるよ、と思いながら、

「わ、わかりました！」

と、チポロはツルの神に答えました。

こうしてチポロは、父の残した二本の矢を携《たずさ》え、ミソサザイの神といっしょに旅をすることになりました。


野宿した翌朝《よくあさ》、チポロはひたいに痛がゆさを感じて目を覚ましました。

「おい、起きろよ。次の村は遠いぞ」

ミソサザイの神の小さなくちばしがようしゃなく、ひたいを突いてきます。

「いててて……」

ひたいを押さえて目を開けたチポロは、あらためて小さな鳥の顔を正面から見て、なんとなくおかしくなりました。丸っこく、つぶらな目と目が離《はな》れ、くちばしが大きくて愛嬌《あいきょう》のある顔なのです。

「なんか、かわいいな。ミソサザイって」

「なんだと？　おまえも熊《くま》の時みたいに、くちばしで突《つ》き刺《さ》してやろうか？」

「わ、ごめんごめん」

なんか、変な旅の仲間ができちゃったなあ、と思いつつ、チポロは昨日の残りの鳥の肉を食べ、ミソサザイの神といっしょに歩き出しました。

いっしょに歩き出したといっても、ミソサザイの神は気ままでした。小さな翼《つばさ》でぱたぱたと飛び回り、チポロが背負《せお》った矢筒《やづつ》のひもを、勝手にくちばしでほどいて、

「お、いい矢を持ってるな」

と矢を突《つつ》いたり、チポロの肩《かた》に止まって、

「疲《つか》れたかー。もうすぐ川があるぞ。がんばれよー」

と気楽に言ったりします。きつい坂道を登っている時など、チポロは少しむっとして、

「わかってるよ。いいなあ、翼がある神さまは」

と言いました。

「だろう？」

と言って、ミソサザイの神は、見せつけるように空高く飛び上がりました。

（くっそー、今日の夕飯はおまえだ）

チポロは何度もそう思いました。

夕方になり、

「おおい、もうすぐ夕立がくるぞ。そろそろ、雨宿りする所を探《さが》せよ」

とミソサザイの神が言いましたが、チポロはまだまだ歩きたい気持ちでした。少しでも早くイレシュのもとに行きたかったのです。どうせ、夕立なんてすぐやむだろうし、森の中なら、それほどひどくはぬれないだろうと思いました。

「わかったよ。もう少し歩いたら今日はやめる」

しかし、チポロはすぐにミソサザイの神の忠告《ちゅうこく》を無視《むし》したことを後悔《こうかい》しました。それからまもなく、空が急に暗くなり、叩《たた》きつけるようなはげしい雨が襲《おそ》ってきたからです。

「あっちに洞窟《どうくつ》があるぞ。急げっ！」

ミソサザイの神の声に従《したが》って、チポロは走りました。岩陰《いわかげ》はほんのくぼみで、洞窟とはいえないようなものでした。が、それでも雨はまぬがれる――そう思い、飛《と》び込《こ》んでひと息ついた瞬《しゅん》間《かん》、真横から勢《いきお》いよく水の粒《つぶ》が飛んできました。ミソサザイの神が、翼《つばさ》についた雨をばたばたとはらっていたのです。チポロは怒《いか》りつつ、獲物《えもの》のない日に食べるためにと持ってきた木の実をかじりました。

「あ、ひと口くれよ」

とミソサザイの神が言いました。チポロが手の平にのせると、がしがしとくちばしで突《つつ》いてきました。

「いたいたいたいたいたい！」

「ごちそうさま〜」

ミソサザイの神が飛び立つと、手の平には針《はり》で刺《さ》されたような赤い点がぶつぶつとついていました。チポロは寒さと空腹《くうふく》と痛《いた》みで、相手が神さまだということも忘《わす》れ、

「もっと早く、こんなにひどい雨がくるって教えてくれよ！」

と、怒鳴《どな》りつけました。

「はあ？　俺《おれ》は言ったぜ。ちゃんと聞こうとしないおまえが悪いんだろ」

「あ〜あ、がっくりだ。こんな神さまが旅の仲間だなんて、がっくりだよ！」

言ってから、チポロは「しまった」と思いました。これでミソサザイの神は怒《おこ》ってどこかへ行ってしまうかもしれません。しかし、ミソサザイの神は羽《は》づくろいをしながら、こう言いました。

「期待しすぎだよ、人間は。いつも大きくて強くてなにかほどこして助けてくれる、そんな神さまばっかり望んでる」

「う……」

チポロは言葉に詰《つ》まりました。ミソサザイの神の言うとおりかもしれない、と思ったのです。小さなころからいつもチポロは、「神さまがいるなら、もっと助けてくれないかな」と、期待していました。だから「旅の仲間」と言われた時、力もなさそうな小さな神さまを見て、がっかりしたのです。

「そんなに期待ばっかりしてるから、神さまたちも嫌《いや》になるんだよ」

「えっ、嫌になってるの？」

ミソサザイの神が黙《だま》り込《こ》んだので、チポロはかえって本当なんだと思いました。

「教えてくれよ。神さまたちは、人間のことが嫌になってるの？」

「そうだな～」と、ミソサザイの神は答えました。

「俺《おれ》たちやシカマ・カムイはそうじゃない。でも、嫌になってる者たちもいるね。人間は勝手だし、強欲《ごうよく》だから、愛想《あいそ》を尽《つ》かしてる。だから魔物《まもの》たちがのさばってきてるのさ」

ミソサザイの神は語りました。

神が人と近かったころ、この世界は安定し、魔物たちも神を恐《おそ》れてやってくることはなかった。だが、神は人から離《はな》れ、魔物たちに恐れるものはなくなった……。

「じゃあ、イレシュがさらわれたのも？」

「まあ、関係あるだろうな。昔だったら、シカマ・カムイが訪《おとず》れたすぐあとに、魔物《まもの》たちが来るなんてありえない」

「……………」

「もう寝《ね》ろ。今日は体力を使ったからな」

言われなくても疲《つか》れきったチポロは、すとんと眠《ねむ》りに落ちてゆきました。


次の朝、狭《せま》いくぼみで身を縮《ちぢ》めて眠ったチポロは、体のあちこちに鈍《にぶ》い痛《いた》みを感じながら目を覚ましました。ありがたいことに、痛みは体を伸《の》ばすとほぐれていきましたが、なんとなく疲れが残っています。寝る場所を早く見つけ、寝袋《ねぶくろ》の下に柔《やわ》らかい草をしくことができなかっただけで、こんなに疲れのとれ方が違《ちが》うのかと思うと、チポロはあらためてミソサザイの神に逆《さか》らったことを反省しました。

するとぱさっと音がして、チポロのひざの上に赤いセタンニ（エゾノコリンゴ）の実が落ちてきました。

「よ、起きたか。これ食って元気だせ」

「……ありがとう」

甘《あま》くとろけるような実を、チポロはゆっくり味わいました。思ったよりも親切なミソサザイの神は、それから何度も、チポロが「もういいよ」と言うまで運んでくれました。

チポロはミソサザイの神とともに旅を続けました。

ミソサザイの神は気まぐれで口が悪く、それからも苛立《いらだ》たされることはたくさんありましたが、忠告《ちゅうこく》はいつも的確《てきかく》でした。四六時中いっしょにいるうちに、チポロはだんだんとミソサザイの神の性格《せいかく》になれてきました。

そして村を出てから五日ぶり、チポロは初めて人の住む集落を見つけました。ミソサザイの神がついていてくれるとはいえ、自分と同じ人の姿《すがた》を見て、チポロはほっとしました。

（ここが、あの地図の一番下に描《か》いてあった入《い》り江《え》の村か？）

とチポロは思いましたが、それにしては家や人の数が、少なすぎました。家の数は、十数戸で、住んでいる人も数十人ほどでしょうか。チポロはほどなく、これは入り江の村ではないと気づきました。

（あの地図には、小さな村は載《の》ってなかったのか。地図って大事なものだけど、この世のすべてが載ってるわけじゃないんだな）

当たり前のことに気づきつつ、チポロは集落のしずけさを不気味《ぶきみ》に感じました。いくら家の数が少ないとはいっても、あまりに人の声がしないのです。

最初は流行病《はやりやまい》でもあって、人々がみな家の中にいるのかと思ったのですが、近づいてみると、それなりに外に出ている人はいます。しかし、その人々はみな疲《つか》れきったようにぐったりとして、虚《うつ》ろな目でチポロを見ていました。

「なんか、ここ変じゃないか？」

チポロが聞くと、

「俺《おれ》もそう思う。みんな生気がないな。腹空《はらす》かしてんじゃないか？」

と、ミソサザイの神も答えました。

「腹って……ああ、そうか」

チポロは納得《なっとく》しました。冬の前なら、どの村でも外に干《ほ》してあるはずの肉や果実やキノコや木の実が一切《いっさい》ないのです。

（変だな。今年は日照りも大雨もなかったのに）

チポロは近くにいた、赤んぼを抱《だ》いて座《すわ》り込《こ》んでいる母親にたずねました。

「あの……、なんでここはこんなにしずかなんですか？」

無愛想な母親は、あっさり答えました。

「猿《さる》だよ」

「猿？　この辺で？」

チポロはびっくりしました。「猿」という人間に似《に》た賢《かしこ》い生き物の名は聞いたことがありましたが、もっと南の方に住んでいる獣《けもの》のはずです。こんな北の方にまでやってきて、群《む》れで荒らしているなんて、聞いたこともありませんでした。

「その猿《さる》の群れは、いったいどれくらいの数なんですか？」

「はあ？　だれが群れなんて言った？　猿は一匹《ぴき》だよ」

「えっ！」

たった一匹の猿が、小さいとはいえ一つの集落をこんなに困窮《こんきゅう》させているなんて。

「それは、本当なんですか？」

「本当じゃなかったら、なんであたしたちはこんなに困《こま》ってるのさ。あんた、よその村から来たんだろ？」

「はい。ススハム・コタンから……」

その名前を聞いたとたん、周りの人々の目の色が変わりました。

「ススハム・コタン？　あの、黙《だま》ってても魚が流れてくるっていう、豊《ゆた》かな村か？」

「じゃあ、食べ物持ってるだろ？　ススハムでもなんでもいい。くれよ！」

大勢《おおぜい》の大人たちに囲まれ、チポロはぞっとしました。背負《せお》った袋《ふくろ》の中には、ススハムのほかに、さっきミソサザイの神が採《と》ってきてくれたセタンニの実が残っていましたが、それをさし出そうものなら、その手の先から自分まで全部食べられてしまいそうな勢《いきお》いです。

「くれよ！」

「出せ！」

「猿《さる》だ！」

チポロは逃《に》げようとしましたが、人々に囲まれて身動きがとれません。その時、
という声が遠くから聞こえ、それと同時に人々の叫《さけ》び声《ごえ》が上がりました。声のする方を見ると、
質素《しっそ》な家の屋根から屋根へと、ぽんぽーんと跳《と》び移《うつ》ってゆく、背中《せなか》を異様《いよう》に丸めた人影《ひとかげ》が見えます。いえ、それは人によく似《に》た大きな獣《けもの》でした。

（あれが……猿か）

チポロは矢をかまえましたが、猿の動きは速く、なかなか狙《ねら》いがつけられません。猿は人の食べ物がどこにあるのか知っているようで、家の前に干《ほ》してあるざるをひっくり返し、重なったむしろをめくっていました。しかし、そのどこにも食べ物がないことがわかると、歯をむき出して怒《いか》り、あろうことかあの母親が抱《だ》いていた赤んぼをうばいとろうとしました。

（まさか、人間の赤んぼを？）

母親は必死で赤んぼを守ろうとし、人々は石や棒《ぼう》を持ってきましたが、赤んぼに当たるのを恐《おそ》れて、だれも石を投げつけたり、棒で殴《なぐ》りかかっていくことはできません。赤んぼは大声で泣き出し、母親も叫び続けています。

「助けて！　この子を助けて！」

チポロは弓をかまえ、猿《さる》を狙《ねら》いました。

「あっ！」

人々の声が上がりました。チポロの矢は猿の耳をかすめ、猿は赤んぼを投げるように放し、耳から血を流しながら、森の中に走って逃《に》げてしまいました。赤んぼを抱《だ》き上《あ》げた母親に、「けがは？」と聞くと、母親は首をふりました。

「よかった……」

チポロはほっとして座《すわ》り込《こ》み、そんなチポロの弓の腕《うで》を、人々は口々にほめました。

「すごい腕だな」

「子どもとは思えん」

その時、チポロの肩《かた》にミソサザイの神が降《お》りてきて言いました。

「チポロ。ありゃ、どう見ても普通《ふつう》の猿じゃないぞ」

「えっ、ということは？」

「あれは荒《あ》れザルだ。どうやら、さっそくおまえの背《せ》にある矢を使う時が来たようだな」

ミソサザイの神は、チポロの背負《せお》った矢筒《やづつ》をくちばしで突《つつ》きました。

「じゃあ、この父さんの矢はやっぱり？」

「ああ。俺《おれ》は一目見てわかったよ。それは〈魂送《たまおく》りの矢〉だ」

チポロはごくりと息を呑《の》みました。あの大ジカに比《くら》べたら、猿《さる》はずいぶん小さな獣《けもの》です。しかし、さっきの飛びかかってくる速さや、歯をむき出しにして襲《おそ》ってきた様子を思い出すと、だれかがあの動きを止めてくれなければ、とても射止《いと》めることなどできません。

チポロは覚悟《かくご》を決め、立ち上がって言いました。

「……だれか手助けしてもらえませんか？」

人々は顔を見合わせ、首をふりました。

（なんだ、助けてほしいけど、手伝うのは嫌《いや》なのか）

自分と目を合わせようとしない人々に、チポロは腹《はら》が立ちましたが、その生気のない顔を見ていると、無理やりやらせても無駄《むだ》だと思えてきました。

「――わかりました」

チポロは仕方なく、ミソサザイの神といっしょに森へ向かいました。

（助けは期待できない。でも、あの猿を、あのままにしておくわけにはいかない）

チポロは猿がなんのために赤んぼをさらおうとしたんだろう、とミソサザイの神に聞きました。

「喰《く》うのかもな」

「えっ、猿って人の赤んぼを食べるの？」

「いや、普通《ふつう》は食べない。でもああいう荒《あ》れた獣《けもの》は別だ。ふだんは食べもしないものを食べたり、襲《おそ》ったりする」

「じゃあ、やっぱり放っておくわけにはいかないな」

また、あんなふうに子どもを襲うかもしれないんだ、とチポロは思いました。チポロは猿《さる》の血を辿《たど》りながら、森の中にどんどん入ってゆきました。そして猿の毛があちこちについている場所を見つけると、持っていた、なけなしの食料を置きました。

(もうあの集落にはなにもない。きっと、この食べ物につられて出てくるはずだ)

チポロの思ったとおりでした。物陰《ものかげ》に隠《かく》れてじっと待っていると、猿が現《あらわ》れ、チポロの置いたセタンニの実をがつがつと食べ出したのです。動きが止まっているうちに、とチポロは弓をかまえましたが、量が少なかったのか、猿はあっという間に食べ終わりました。

(しまった!)

すると突然《とつぜん》、ミソサザイの神が飛び出しました。ミソサザイの神は、サルの目をくちばしで突《つつ》いています。サルは怒《いか》り狂《くる》ってミソサザイの神を叩《たた》き落《お》とそうと手をふり回しました。

「危《あぶ》ない!」

チポロは叫《さけ》びましたが、ミソサザイの神は猿を襲うのをやめません。そしてチポロに向かって叫びました。

「今だろ！」

チポロは猿《さる》に狙《ねら》いをつけ、その矢の先を相手の眉間《みけん》に向けました。

（これでいいのか？　これで、もう天に向けても……）

失敗したらどうなるのだろうかと思いました。もしかしたら、貴重《きちょう》な矢が一本無駄《むだ》になるかもしれない――。

（いつだ？　いつならいいんだ？）

「早くしろ、チポロ！」

ミソサザイの神が叫《さけ》びました。その時、チポロの持つ矢に、ふわりとなにかが巻《ま》きついたような気がして、矢の先が重くなりました。

（これだ！）

チポロはぐいっと矢を引き、天に向けて放ちました。矢は天に吸《す》い込《こ》まれるように消えてゆきました。

（やった？）

チポロが猿の方に目を落とすと、逆立《さかだ》っていた毛が落ち着いたせいか、ひと回り小さくなったように見える猿が、きょとんとして立っていました。

「これが……あの猿？」

チポロがあぜんとしながら見ていると、猿《さる》はぱたりと前に倒《たお》れ、チポロもまた、ほっとして草の上に座《すわ》り込《こ》みました。

十、シャチの神

猿《さる》の荒《あら》ぶる魂《たましい》を天に送ったチポロとミソサザイの神は、早々に小さな集落を出ました。

「神さま、けがしなくてよかったね」

「ああ。でも疲《つか》れた。ちょっと休ませてもらうよ」

ミソサザイの神は、チポロの背負《せお》った袋《ふくろ》にもぐり込《こ》み、そのあと丸一日は出てきませんでした。あまりにしずかなので死んでしまったのではないかと、チポロは心配になって、何度かのぞいたくらいでした。

（あんな大きな猿と戦ったんだもんなあ）

自分だったら、自分の何倍も大きな敵《てき》と戦えるだろうかと思いました。昔、チヌが「荒《あ》れグマと戦った神さまの話」をしてくれたことを、チポロは思い出しました。

その荒れグマは巨大《きょだい》で強くて凶暴《きょうぼう》で、知恵者《ちえもの》のツルの神も、強いワシの神も手出しができませんでした。しかし、小さなミソサザイの神だけが、熊《くま》の耳の中を何度も攻撃《こうげき》しては弱らせ、そこへほかの鳥の神たちがやってきて、みんなで協力して荒《あ》れグマを倒《たお》したというのです。それを聞いた時、チポロは「あんな小さなミソサザイが熊《くま》に勝つなんてあるわけない」と本気にしませんでした。

（でも、本当だったんだ）

と、チポロは強く思いました。

ミソサザイの神を背負《せお》いながら、チポロは一日歩き続けました。

（ミソサザイの神さまがしゃべらないと、へんな感じだなあ）

最初は勝手でうるさいと思った神さまでしたが、あの毒舌《どくぜつ》が聞こえないと物足りないというより、はっきりいって寂《さび》しいのです。一人で黙《だま》って歩きながら、長い旅に話し相手がいるということが、どんなにありがたいことだったのかと、チポロはあらためて感じました。

話し相手がいないので、もくもくとチポロは歩き続け、とうとう入《い》り江《え》に辿《たど》り着《つ》きました。チポロは、ごそごそと袋《ふくろ》の中からはい出してきたミソサザイの神に聞きました。

「ここが入り江の村かな？」

「ああ、そうらしいな」

商人の地図にあった村の印と、湾《わん》の形、そしてクジラの絵を、チポロは思い出しました。

チポロは浜辺《はまべ》で網《あみ》の手入れをしている男たちに近寄《ちかよ》ってゆきました。しかし、その一人がチポロに気がつくと、ぎろりと睨《にら》みつけてきました。ほかの男たちもまた、チポロなどいないように、わざとらしく話を始めました。どうやら歓迎《かんげい》されていないようです。

(またか)

と思いつつ、チポロはそっとミソサザイの神にささやきました。

「俺《おれ》の村は、ここまでよそ者に冷たくなかったよ」

「そりゃ、ススハムで潤《うるお》ってたからだろ。余裕《よゆう》がないんだよ、この村は」

「そうなのかなあ」

チポロは浜辺から、陸の集落の方へと歩いていきました。家々の造《つく》りはしっかりしていて、荒《あ》れた様子はなく、決して貧《まず》しい村ではないことがわかりました。

しかし、村で共同作業をするために使うらしい干物《ひもの》を並《なら》べる台に、魚は一匹《ぴき》もなく、乾《かわ》ききっていています。砂《すな》に打った杭《くい》に渡《わた》した無数のひもには、海藻《かいそう》や貝は一つも干《ほ》してありません。ということは、いつもは豊《ゆた》かな村に、不漁が続いているのでしょう。

(何日くらいだろう……。前の小さな集落のように、猿《さる》に荒らされてるわけじゃないけど、たくわえが少しずつ減《へ》っているってところか?)

すれ違《ちが》いざまに、自分をうさんくさそうに見る人々の顔には、不安や苛立《いらだ》ち、恐《おそ》れといったものが浮《う》かんで見えました。早く村を出ようと思ったチポロは、前から来た老婆《ろうば》とぶつかりそうにになりました。

「あ、すいません」

チポロは大きく頭を下げました。

「おやおや、この辺じゃ見ない子だね」

「はい。二つ隣《となり》の村から来ました」

「ああ、じゃあススハム・コタンからかい？」

「はい」

とチポロが答えると、老婆は嬉《うれ》しそうに言いました。

「そうかい。わたしはススハムから、この村に嫁《よめ》に来たんだよ。ウチに上がってひと休みしていかないかい？」

「いいです。あの、みんな、困《こま》ってるようだし」

おや、というように老婆は細い眼《め》を見開きました。

「優《やさ》しい子だね。いいよいいよ。子どもが遠慮《えんりょ》なんかするもんじゃない」

老婆はそう言いながら、チポロを自分の家に招《まね》き、干《ほ》した小さな貝柱を出しました。

「いつもならこんなの、まとめて汁《しる》に入れちまうんだがね。ちょっとでもかんでお食べよ。食べた気がするからね」

チポロは老婆《ろうば》に礼を言いつつ、小さな貝柱を口に入れました。小さな貝柱は口の中でどこに行ったかわからないほどでしたが、歯に当たった所をかみしめると、塩気と濃《こ》い貝の味がしみ出してきました。

「おいしい!」

「だろう? いつもなら、もっといいもの出せるんだよ。いつもなら」

と繰《く》り返《かえ》す老婆に、

「どうして、そんなにいつもと違《ちが》うんですか?」

とチポロは聞いてみました。

「それはクジラのせいさ。ここらに来る小さな魚を、みんなクジラが呑《の》み込《こ》んでしまうんだよ。いつもならシャチの神さまが追《お》い払《はら》ってくれるか、そのクジラを襲《おそ》って陸に追い立ててくれるんだけどね」

「じゃあ、この浜《はま》では、よくクジラが獲《と》れるんですか?」

「ああ。年に何回かは打ち上げられるよ。こっちは船も銛《もり》も使わず、大きな獲物《えもの》が手に入るから、とっても助かるのさ」

それでこの村は豊《ゆた》かなのか、とチポロは納得《なっとく》しました。

「でも最近、シャチの神さまの機嫌《きげん》が悪いのかね。姿《すがた》を見かけないんだよ」

チポロは、はっとしました。

「そのシャチの神さまって、もしかして真っ黒で、すごく大きい？」

「そうだよ。相当な年のはずなのに、体には傷《きず》ひとつなく、貝も水草もついていない。黒い、きれいなレプンカムイ（シャチの神）さ」

もしや、とチポロは思い出しました。あの、シカマ・カムイの一行が大きな岩を投げた時、波間に黒い背《せ》びれが見えました。そしてシカマ・カムイは「海のカムイを驚《おどろ》かせるな」と言っていました。

（もしかしたら、それで人間に怒《おこ》っているのかもしれない。だったら謝《あやま》らなくちゃ。でも、どうやって？　それに俺《おれ》が謝ったところで許《ゆる》してくれるかなあ）

チポロは迷《まよ》いましたが、とりあえず老婆《ろうば》に礼を言って、小さな家を出ました。そしてさっきの浜辺《はまべ》から、海を見つめました。海はおそろしくしずかで、クジラの姿もシャチの姿もありませんでした。

近くの磯《いそ》では子どもたちが、一生懸命《いっしょうけんめい》に貝を探《さが》していました。ごつごつした岩にしがみつきながら、くぼみや岩陰《いわかげ》をのぞき込《こ》んでいます。きっと少しでも食事の足しにしようとしているのでしょう。チポロはまだ弓も引けなかったころ、夏場には同じように貝を探し回っていた自分を思い出しました。

（でも、こんなに寒いのに……）

風が強まり、波が荒《あら》くなってきました。子どもたちは帰り始めましたが、最後まで残っている兄と妹がいました。兄はマヒトくらいで、妹はもっと小さい子でした。

「おおい、早く帰れよ。足もとが暗くなって危《あぶ》ないぞー」

チポロが声をかけると、妹の方が「うん」と答えましたが、兄はまだねばっていました。もう少しで届《とど》きそうな所になにかあるのでしょう。懸命《けんめい》に手を伸《の》ばしていましたが、ふいにきた大波が、その体をおおい隠《かく》しました。

「あっ！」

「おにいちゃん！」

波が引いた岩場に、子どもの姿《すがた》はありませんでした。そして思ったよりもずっと沖《おき》に、じたばたともがく小さな頭が見えました。

「うわあ、助けてー！」

チポロはとっさに海に飛《と》び込《こ》みました。幸いチポロの背丈《せたけ》なら、つま先がつく深さですが、しびれるような寒さに、うまく体が動きません。

「助けて！　助けて！」

「そんなに深くないぞ。落ち着け！」

やっとのことで、チポロは子どもを抱《かか》えるようにして岩場に戻《もど》りました。大した深さではないのに子どもが暴《あば》れるせいで、チポロも水の中で転んでしまい、危《あや》うく溺《おぼ》れそうになりました。ぜいぜい言いながら、チポロは子どもの尻《しり》を岩場に押《お》し上《あ》げました。

「おにいちゃん！」

泣いて兄を抱《だ》きしめる妹の姿《すがた》に、チポロは、ほっとしました。

「ああ、よかっ……」

と言いかけたチポロは、あっと思った時には黒い水の中にいました。また大波がきたのです。それもさっきよりも大きく、今度はチポロも足がつかない所まで一気に流されてしまいました。

（戻らなきゃ……！）

しかし、あっという間に暗くなった海は、どっちが岸かもわかりません。冷たい水の中でじたばたするうちにまた大波に呑《の》まれ、チポロは海の底に引《ひ》き込《こ》まれてゆきました。

暗い水の中で、チポロは初めて死を思いました。

（ああ、イレシュ……もう会えないのか。ぜったい連れて帰るって、おばさんにもマヒトにも約束したのに）

そしてチポロは、レプン・カムイに、何度も何度も謝《あやま》っていました。

(ごめんなさい。ごめんなさい。あなたを驚《おどろ》かせたのは、俺《おれ》の村にあった岩なんです)

声にならない声で、チポロは言い続けました。

(悪気はなかったんです。あの家来も、人のためにやろうとしたことなんだ。この村の人には関係ない。だから、もう許《ゆる》してやってください)

ふっと息がらくになり、耳もとで聞きなれた羽音が聞こえました。

「チポロ。起きろよ、チポロ」

それはミソサザイの神の声でした。

「助かっ……た?」

目を開けたチポロは、自分が大きな黒い体の上にいることに気づきました。

(これって……まさか?)

チポロは思わず、

「うわっ!」

と叫《さけ》び声《ごえ》を上げ、体を起こしたので、黒くてなめらかなレプン・カムイの背中《せなか》から滑《すべ》り落《お》ちそうになりました。チポロは再《ふたた》び、必死に謝りました。

「ご、ごめんなさい。ごめんなさい!」

「もう、いいってさ」

ミソサザイの神が言うと、黒い体がうなずくように揺《ゆ》れました。

――チポロよ。

ほら貝のような声で、レプン・カムイが言いました。

――おまえだけを責《せ》めているのではない。それに、だれがおまえの村での仕打ちを、こんな所ではらそうか？

「え、それじゃどうして？」

――この村の者たちが海を汚《よご》したからだ。獲《と》るだけ獲って、いらぬものを始末せずになんでも海に捨《す》てた。海はたしかに広い。たいがいのものを流して、なかったことにしてくれると思うだろう。だが、そうではないのだ。

「はい……。その分も謝《あやま》ります。すいませんでした」

――ははっ、おまえが謝ってどうする。まあいい。もう、ここで怒《おこ》っているのも飽《あ》きたところだ。わたしは帰る。

「え、どこへ？」

――神の国だ。

「じゃあ、もうこの海には、あなたの恵《めぐ》みはなくなるんですか？」

――わたしがいなくなったところで、魚や貝がまったく獲《と》れなくなるわけではない。彼《かれ》らが力を合わせれば、クジラも獲れるようになるだろう。ところで、おまえは、自分の村を離《はな》れ、なぜこんな所にいる？

「女の子を捜《さが》してるんです」

――女の子？

チポロは自分の幼《おさな》なじみが魔物《まもの》たちに連れ去られたこと、その子かもしれない「魔女」の噂《うわさ》を聞いたことを話しました。その魔女が、さいはての港ノカピラにいることも。

――ああ、あの港か。

「知ってるんですか？」

――たまに行くこともある。もっとも北の果てにある港だ。冬は厳《きび》しいが、北の大陸からいろいろなものが入ってくる所だ。そして長い岬《みさき》の先端に、魔物たちの砦《とりで》がある。

「本当ですか？」

レプン・カムイの意外な言葉に、チポロは鼓動《こどう》が速くなりました。

（魔物たちの砦……その近くの街に現《あらわ》れる女の子……間違《まちが》いない！）

チポロはそれがイレシュだと、ますます確信《かくしん》を深めました。

「ありがとうございます、レプン・カムイ」

レプン・カムイはチポロを乗せて、浜辺《はまべ》に近づきました。

――わたしはこれ以上の浅瀬《あさせ》には行けない。達者でな、チポロ。

浅瀬で下ろされると、チポロは体中の力が抜《ぬ》け、ばったりと水の中に倒《たお》れ込《こ》みました。かすんでゆく視界《しかい》にたくさんの人の姿《すがた》が見え、その中にあの兄妹《きょうだい》の顔もありました。そして二人のうしろから走り出てきた男が、チポロを支《ささ》えて陸に上がりました。男は兄妹の父親でした。

チポロはその夜、兄妹の両親に心づくしのごちそうでもてなされ、暖《あたた》かい寝床《ねどこ》でぐっすりと眠《ねむ》ることができました。

兄妹たちの家に泊《と》めてもらったチポロは、次の日の朝、にぎやかな声で目を覚ましました。家の外からは、大勢《おおぜい》の人々が走り回る音や、歓《よろこ》びの声が聞こえてきます。

(なんだろう?)

家に飛び込んできた兄妹が、ほおを上気させながらチポロに言いました。

「クジラが打ち上げられたんだ!」

「魚もいっぱいいるよ。こんなこと久《ひさ》しぶりだよ」

チポロがぽかんとしていると、兄妹のうしろから父親や大人たちも現《あらわ》れ、口々に言いました。

「あんたのおかげだ。チポロ!」

「おかげって……ただ謝《あやま》っただけだけど」

兄妹《きょうだい》に手を引かれ、チポロが浜《はま》に出てみると、レプン・カムイよりもさらに大きな、小山のようなクジラの体が浜に横たわっています。クジラはレプン・カムイが一番好きな口の所だけ齧《かじ》って、あとは全部、人間にくれたようです。この浜辺の人々への、最後の置《お》き土産《みやげ》のようでした。

「すごい……これが、クジラなんだ」

村人たちが総出《そうで》で、巨大《きょだい》なクジラをさばき、脂《あぶら》を取り、皮をはがし肉を切り、ひげやそのほかのいろいろな部分を保存《ほぞん》するために料理する様子は、盛大《せいだい》な祭りのようでした。

来た時とはうってかわった歓迎《かんげい》を受け、「もっといていいよ」という誘《さそ》いをチポロは断《ことわ》りました。どんどん冬は近づいてきます。その前に、早く北に向かいたかったからです。

そんなチポロに、人々はどっさり食べ物をくれました。

「本当にそれだけでいいのかい？　あと何日かいたら、干《ほ》しクジラの肉も持たせられるのに」

「これで充分《じゅうぶん》です。ありがとうございました」

生干しにしたサンマやイワシやイカを山ほど背負《せお》い、チポロは再《ふたた》び歩き出しました。

十一、さいはての港

シャチの神の村を出てから歩くこと十と八日目に、チポロはついに、さいはての港ノカピラに着きました。

「やっと、着いた……」

「ああ、長かったなあ。チポロ、お疲《つか》れさん」

灰色《はいいろ》の北の海に向かう大きな港には、朝霧《あさぎり》が立《た》ち込《こ》めていました。

霧の中には、チポロの村の何倍もの数の家々が森のように連なり、海に面した市場《いちば》にはこれまた何十倍もの人々が集まって売り買いする声がひびいています。この霧は、まるで人々の吐《は》く白い息が集まったのではないかと思うほどのにぎやかさでした。

「すごいな。なんて人の数なんだ」

チポロは大きな荷物を持ってすれ違《ちが》った人に、

「今日はなにかのお祭りですか？」

と聞きましたが、

「はあ？　なに言ってんだか。いつもの市《いち》だよ」

と笑われてしまいました。

「どうやら田舎者《いなかもの》だと思われたぞ」

ミソサザイの神が耳もとでぱさぱさと笑いました。ミソサザイの神は、人ごみの中で飛ぶと人とぶつかってしまうので、ずっとチポロの肩《かた》に止まっていました。

「いいよ。田舎者には違《ちが》いないさ」

チポロは港の人々が、ときどき自分をふり返って笑ったり、指さしてなにか言っているのに気づきましたが、別に気になりませんでした。それよりイレシュかもしれない「魔女《まじょ》」の噂《うわさ》のある場所に着いた、ということの方が大事だったからです。

「じゃあ、そろそろお別れだな、チポロ」

「えっ？」

チポロはびっくりしました。いっしょに旅をしているうちに、ミソサザイの神はいつも、いつまでも自分のそばにいてくれるような気がしていたのです。

「そ、そんな。待ってよ！」

「ツルの神に頼《たの》まれたのは、ここまで。旅が終わるまでだ。達者でな」

そう言うなりミソサザイの神は、大きくはばたき、空高く飛んでいってしまいました。

「行っちゃった……」

だれも知る人がいない土地で、チポロは急に心細く、自分が小さくなったような気がしました。しかし、すぐにこう思って自分をふるい立たせました。

(俺《おれ》はここまで、ミソサザイの神さまにずっと助けてもらった。ちょっとうるさかったけど、そのおかげで寂《さび》しくなかった。イレシュは、たった一人でここまで連れてこられたんだ)

気を引《ひ》き締《し》め直《なお》し、知らない人々の群《む》れに向かって、チポロは歩き出しました。


チポロはなるべくたくさんの人がいる市場《いちば》の中央に向かいました。もう朝の市は終わったあとでしたが、魚や野菜を並《なら》べた台や、かごを片付《かたづ》ける人々が十人ほど残っています。

「あの、すみません。ちょっと聞きたいんですが……」

チポロは人々に、噂《うわさ》の娘《むすめ》のことをたずねました。すると、

「ああ、氷の魔女《まじょ》のことか」

と、一人があっさり言いました。

「氷の魔女？」

当たり前のような呼《よ》び方《かた》に、チポロはどきりとしましたが、「そう呼んでるんだ、おれたち

は」という言葉にほっとしました。

「じゃあ、その子がそう名乗ったわけじゃないんですね？」

「ああ。なにもしゃべらないよ、あの子は」

うんうんとうなずきあう人々のうしろから、

「いや、しゃべったよ。ウチの子に、『さわるな』ってさ」

という声がしました。赤んぼを背負《せお》い、六つくらいの子どもとむしろをたたんでいる母親でした。

「そうなんですか？」

身を乗り出すチポロに、母親はうなずきました。

「ちょっときれいな子だからね。珍《めずら》しい白アザラシの毛皮も着てるし。子どもがうっかり手を伸《の》ばしちまったんだ。そしたら『さわっちゃだめ。あたしにさわったらいけないの』って。優《やさ》しい声だったけど、なんかもうぜったい逆《さか》らえないって言い方だったよ」

「それでもさわる馬鹿《ばか》がいるけどな」

男たちの中からどっと笑い声がひびきました。

「まったく、魔女《まじょ》で賭《か》けなんかしやがってよ」

「あいつも命知らずだよなあ」

と言う男たちに、

「どういうことですか?」

とチポロは聞きました。男たちの話からすると、その少女を捕《つか》まえられた奴《やつ》には、みんなで酒を一杯《ぱい》ずつおごろうと、男たちは賭《か》けをしていたようです。

「でも、素早《すばや》い娘《むすめ》でさ。最初に抱《だ》きつこうとした奴は逃《に》げられて、思いきり雪の中に突《つ》っ込《こ》んでたよ」

そんなことをした奴が、とチポロはむかむかと腹《はら》が立ちました。

「それで油断《ゆだん》させようと思ってさ、馬鹿《ばか》な若《わか》い者が、ボロを着て道ばたに倒《たお》れてたんだよ。あの娘は弱ってる人間を放っておかないからさ。で、案の定近寄《ちかよ》ってきたところで、腕《うで》をつかんだら凍《こお》りついたってわけだ」

男たちはどっと笑い、いい気味だ、とチポロは心の中で舌《した》を出しました。そして、

(弱ってる人間を放っておかない——ぜったいにイレシュだ!)

と、再《ふた》び確信《かくしん》しました。その時です。

「だれだ。おれのことを笑いやがって!」

と言う声とともに、両手の先にぐるぐると包帯を巻《ま》いた、暗い目をした若い男が、周りの人間を睨《にら》みつけるように見渡《みわた》しながら割《わ》り込《こ》んできました。身なりはいいので、裕福《ゆうふく》な家の若者のようです。しかし、その身なりに似合《にあ》わぬすさんだ表情《ひょうじょう》で、若者は地面につばを吐《は》きながら言いま

した。

「あの娘《むすめ》、ちょっときれいな顔して、とんだ性悪《しょうわる》だ。ありゃ、人間をまどわす魔女《まじょ》だ」

周りの男たちはにやにや笑い、黙《だま》ってうなずいていましたが、チポロはこう言い返しました。

「性悪なのは、あんただろ。困《こま》ってる人を助けてた女の子を、珍《めずら》しい獣《けもの》を捕《つか》まえるみたいに捕まえようとするなんて、あんたの方がよっぽど下衆《げす》じゃないかよ！」

「なんだと？」

両手に包帯を巻《ま》いた若者《わかもの》がチポロに向かって手を振《ふ》り上《あ》げました。チポロは身がまえましたが、若者は急にだれかに足をかけられたように、体勢《たいせい》を崩《くず》して倒《たお》れました。

「あら、大丈夫《だいじょうぶ》ですか、若だんな」

さっき子どもが氷の魔女に話しかけられたと言った母親が、若者を助け起こしながら、チポロの方を見てなにか言うように口を動かしました。

「え？」

聞き返すと、今度は子どもの方が、チポロに小声で言いました。

「早く逃《に》げなよ！」

「わかった！」

チポロは走り出しました。うしろから、若者の「待てこの野郎《やろう》！」と言う声が聞こえましたが、待つわけがありません。

チポロは見知らぬ家々の間をすりぬけ、迷路《めいろ》のような道を走り回りました。チポロの暮《く》らしていた村と、家だらけ建物だらけの集落とでは勝手が違《ちが》い、曲がりくねった道を走るうちに、同じ場所に出たらどうしよう、と不安にもなりましたが、

（大丈夫《だいじょうぶ》だ。ぜったい、あの市場《いちば》からは遠ざかってるはずだ）

という確信《かくしん》もありました。かつては獲物《えもの》を探《さが》して森を歩き、旅に出ては見知らぬ道を歩いているうちに、初めての土地でもカンが働くようになっていたのです。

（人が集まる市は広場と同じで、どこからも集まりやすい場所にあるはずだ。さっきから家が少ない、さびれた所に来てる。大丈夫だ）

だいぶ走った時、ふいに海辺に出ましたが、そこは入《い》り江《え》の小さな浜辺《はまべ》で、船も小船があるだけです。さっきの市場に近い、大きな船がたくさん見えた場所ではありませんでした。

（よし、なんとか逃《に》げきれたようだな）

チポロは座《すわ》り込《こ》んでひと休みしました。すると、

「おにいちゃん、おにいちゃん」

と、ささやくような小さな声がしました。どきっとして声のした方を見ると、小さな家の板のすき間から、さっきの子どもがそっと顔を出し、手招《てまね》きしています。

「おいでよ。母さんが呼《よ》んでる」

走り回っているうちに、どうやら子どもの家のそばに来たようです。チポロがあたりを見回しながら家に入ると、見るからに貧《まず》しい室内には母親もいました。

「さっきは災難《さいなん》だったね」

赤んぼをゆりかごに寝《ね》かしつけながら、母親が言いました。

「はい……。助けてくれてありがとうございます」

「なあに。あんたの言うことの方が正しいと思っただけさ。あの娘《こ》、性悪《しょうわる》な女なんかじゃない。だって、この子に『さわるな』って言った時、すごく悲しそうな顔してたもの」

「そう……なんだ」

チポロはなぜか急に涙《なみだ》がこみ上げてきて、あわてて目をこすりました。

「あんた、もしかしてあの娘《むすめ》さんの知りあいかい？　ひょっとして弟とか？」

「昔、いっしょの村に住んでた」

ああ、と女はうなずきました。

「そうかい。やっぱりね。あの娘さん、初めから奴《やつ》らの仲間だなんて思えなかったよ。人間だったんだね」

チポロは、はっとしました。「人間だった」ということは、今はそうではないのでしょうか？

「奴《やつ》らって?」

「あんた、なにも知らないんだね。奴らってのは、もちろん魔物《まもの》のことだよ」

チポロは即座《そくざ》に頭の中を整理しました。

「奴らの、仲間……魔物……。じゃあイレシュは、今は魔物の仲間になってるってこと?」

それは、イレシュの死の次に考えたくなかったことでした。

「そうだろう。だって、あの娘《むすめ》さんが砦《とりで》から出て、帰ってゆくのを見たもの」

「砦?」

「ああ、あそこだよ」

母親は窓《まど》を開け、外を指さしました。さっきチポロが市場《いちば》から見た、大きな船が並《なら》ぶ船着き場が遠くに見えました。たくさんの船は、長い岬《みさき》に泊《と》まっているようです。

そして母親の指さす岬のはるか先には、小高い山がそびえ立っていました。

(なんだ、あれ?)

さっきは朝霧《あさぎり》で見えませんでしたが、その山は異様《いよう》な形をしていました。下が細く、上がこんもりと太く、まるで大きな樹《き》のようでした。

「あれが砦だよ。もともと、あの山がノカピラって呼《よ》ばれてたんだ。上の丸い所が、ちょっと伏《ふ》せたノカピラ(蓑《みの》)みたいだろ? そこから、このあたりの土地全部をノカピラっていうようになったんだけどね」

「じゃあ、あそこに魔物《まもの》が……」

薄《うす》くなってゆく霧《きり》の向こうに、飛《と》び交《か》うコウモリのようなものが見えました。この時間にコウモリが飛んでいるわけはありませんから、翼《つばさ》のある魔物たちなのでしょう。

「そうさ。昔はオキクルミさまの住まいだったけどね」

「え、あの伝説の？」

雷神《らいじん》オキクルミは、この世が創《つく》られたころからいる古い古い神さまです。チポロはてっきり、天上の神々が住む国カムイ・ミンタラにいるものと思っていました。

「そうだよ。でも今は神の国に行っちゃって、三年に一度しかやってこない。いつもはヤイレスーホが魔物たちを従《したが》えて住んでるよ」

「ヤイレスーホ？」

「オキクルミさまの僕《しもべ》だよ。金と銀の目をした、見た目は若《わか》い優男《やさおとこ》さ。正体はなんだかわからないけどね」

金と銀の目――チポロの頭の中に、マヒトの見た夢《ゆめ》と、イレシュが助けた蛇《へび》のことが思《おも》い浮《う》かびました。

（なんで、イレシュがそんな男といっしょに？）

とにかくイレシュに会ってみなければ、とチポロは思いました。

「魔女《まじょ》……いや、その女の子は毎日現《あらわ》れるんですか?」

「毎日じゃないよ。まず、夏は来ない。ノカピラでは夏はまあ食べ物には困《こま》らないからね。冬の一番辛《つら》い時、ちょうどこれからだよ」

「そうか……」

やっぱりイレシュだ。チポロはそう思いました。そんな親切なことをするのはイレシュに違《ちが》いありません。けれど、それを認《みと》めれば、さわったものを凍《こお》らせる魔女だというのも認めることになるのです。

(イレシュなのか、それとも違うのか。俺《おれ》は、どっちだったら嬉《うれ》しいんだろう?)

考え込《かんがこ》んでいるチポロに、母親はどこからか古い毛皮の帽子《ぼうし》を取り出して言いました。

「これかぶると暖《あたた》かいよ。死んだ亭主《ていしゅ》のだけど、嫌《いや》じゃなかったら使っとくれ」

「ありがとう」

チポロは母親に礼を言って、帽子をかぶりました。耳当てもついていて暖かいし、顔も隠《かく》れそうです。

「でも、どうして、こんなに親切にしてくれるんですか?」

「あの男が嫌《きら》いだからさ」

母親はあっさり言いました。たしかに、あの身なりのわりに下品な男は、人々に嫌われているようでした。

「それに、あの娘《むすめ》さんには助けられたことがあるんだよ。去年亭主《ていしゅ》が死んだばっかりで、あたしが体を壊《こわ》してこの家に食べるものがなに一つなくなった時に、この子に凍《こお》った野ウサギ肉のかたまりをくれたんだ」

母親は上の子を抱《だ》き寄《よ》せて言いました。

「大鍋《おおなべ》で煮込《にこ》んで十日はもったよ。それで、あたしたちはどんなに助かったかしれないよ」

チポロは母親に手厚《てあつ》く礼を言って、外へ出ました。

海辺に向かって歩いていくと、あの異様《いよう》な形の砦《とりで》が近づいてきました。

（あの砦に、イレシュが……）

イレシュが生きていて帰ってこないならば、理由があるだろうとは思っていました。イレシュ自身の病気やけが、あるいは身近な人がそうなって、イレシュにそばにいるように頼《たの》んでいる

――チポロはそんな想像《そうぞう》をしていました。

（まさか、イレシュが魔物《まもの》たちの仲間になっているなんて。いや、そんなことありえない！）

チポロは日暮《ひぐ》れまで、うろうろと港のあちこちを歩き回りました。あの商人が言ったとおり、この港はチポロが生まれ育った村より、今まで見たどの集落より、貧富《ひんぷ》の差がはげしい所でし

た。裕福《ゆうふく》な人々は見上げるような大きな家に住み、貧《まず》しい人々は廃材《はいざい》で造《つく》ったような家々に肩《かた》を寄《よ》せあっています。

日が暮《く》れると、家々の窓《まど》に明《あか》りが灯《とも》り、夕食を煮炊《にた》きする匂《にお》いと煙《けむり》が立ち上ってきました。お腹《なか》の虫が鳴ったので、チポロは宿を探《さが》しました。こういう大きな港には、食事を売ったり、寝床《ねどこ》を貸《か》してくれたりする宿という所がある、とミソサザイの神が旅の途中《とちゅう》で教えてくれたからです。

道行く人に聞いて、やっとのことで宿を見つけ、宿代にと干《ほ》した貝や魚を出すと、宿主はやや渋《しぶ》っていましたが、

「大部屋のすみならいいよ」

と受け取ってくれました。二階屋の一階は、煮炊きする土間以外は大勢《おおぜい》の船乗りや旅人が雑魚寝《ざこね》する板の間だったので、チポロはそのすみに荷物を下ろしました。そして一杯《ぱい》の汁椀《しるわん》をもらい、久《ひさ》しぶりに床《ゆか》の上で、ゆっくりとそれを食べました。

食べ終わったチポロが外に出ると、十三夜の月が出ていました。満月に近い、明るい光が家々を照らしています。月の光はどこでも変わらないことに、チポロはなんだか安心しました。しかし、夜がふけると月は隠《かく》れ、しんしんと冷えた空から雪が舞《ま》い始《はじ》めました。

人気《ひとけ》のない建物の前で、チポロは震《ふる》えながら、「魔女《まじょ》」が現《あらわ》れるのを待ちました。

（寒い……眠《ねむ》い……）

どれくらい待ったのでしょう。チポロの耳に、かすかな声が聞こえてきました。

〽シルン　カムイ　ネゥン　オマンワシム……

チポロは、はっと目を見開き、あたりを見回しました。

（この歌は？）

ぼんやりした視界《しかい》を、ふいに横切ったものがありました。チポロは、はっとしました。家々の間の細い道を横切る、大きなかごを持った娘《むすめ》の姿《すがた》が目に入ったのです。

「イレシュ！」

娘はふり向きました。それはたしかにイレシュでした。しかし三年の間に、顔は細く雪のように白くなり、その大きな目に、あの優《やさ》しい笑《え》みはありませんでした。まるでイレシュによく似《に》た年上の女の人みたいだ、とチポロは思いました。

「イレシュだろ？　やっぱり生《な》きてたんだ！」

そのとたん、娘はかごを投げ捨《す》て走り出しました。

「イレシュ！　いっしょに帰ろう、イレシュ！」

しかし娘はふり向くことなく、迷路《めいろ》のような道を駆《か》けぬけ、あっという間にチポロは見失ってしまいました。

十二、魔女《まじょ》

チポロはそれから丸一日、気が抜《ぬ》けたように港をさまよいました。なにも食べる気がせず、岬《みさき》の付け根に座《すわ》って、ぼんやりと砦《とりで》を眺《なが》めていました。

「どうしたの？　まるで幽霊《ゆうれい》みたいだよ」

うしろから声がしてふり向くと、赤んぼを背負《せお》ったあの母親が、チポロの手になにかにぎらせました。しめった温かさと焦《こ》げた油のにおいから、凍《こお》らせたイモをつぶして鉄鍋《てつなべ》で焼いたペネイモだということがわかりました。

「これ……」

「いいから食べな。市で売ったのの残りだけど」

「ありがとう」

チポロは素直《すなお》に、ペネイモを口にしました。その温かさとほんのりとした甘《あま》さに、凍《こご》えかけた心が少しゆるんだような気がしました。

「昨日、魔女《まじょ》が出たって聞いたよ。会えたかい？」

「……はい」

カンのいい母親は、チポロの口調から、なにがあったのか気づいたようでした。

「やっぱりあの娘《むすめ》さん、あんたの村の子だったんだね？」

チポロはうなずきました。

「なんで、イレシュがあんな……」


イレシュが投《な》げ捨《す》てていったかごの中には、固く凍《こお》りついた野ウサギやカモやサケが入っていました。チポロがそれを茫然《ぼうぜん》と見ていると、見るからに貧《まず》しげな家々の扉《とびら》が開き、この寒さの中ではだしの子どもたちが集まってきました。そして、

「それ、魔女だね？　魔女が置いていったんだね？」

と聞くと、チポロが答えるより早く、「やった！」「ありがとう魔女さま！」とかごに走《はし》り寄《よ》り、うばいあうように持ち去ってしまったのでした。

（イレシュは「魔女」なんだ。そう呼《よ》ばれているのは間違《まちが》いない）

それはもう疑《うたが》いようのないことなのだと、チポロは認《みと》めるしかありませんでした。

「気をつけなよ」

母親が言いました。イレシュにさわるなという意味なのかと思ってチポロは答えませんでしたが、続いたのは意外な言葉でした。

「あいつが狙《ねら》ってるから。今日、市場《いちば》で聞いたんだよ。『魔女《まじょ》に仕返しする』って言ってる」

「え？」

チポロは驚《おどろ》いて、母親に聞き返しました。母親は、あの両手に包帯を巻《ま》いた若者《わかもの》が「魔女を捕《つか》まえてやる」と言っているのだと、チポロに教えました。

「なんでそんなことを？」

「あの手、医者に、『もう、使い物にならない』って言われたんだってさ」

「……でも、そんなふうになったのは自分のせいじゃないか」

「ああ、そうさ。あの男、小さなころから親の金と力を笠《かさ》に着て、弱い者いじめしてたからね。いい気味だと思ってる者もけっこういるよ。でも、味方してるのも多いのさ。いっしょに魔女を捕まえてやるって集まってる連中も」

「だめだ、そんなこと！」

止めなければ、とチポロは思いましたが、母親も集まっているのがだれか、どこでどういう計画を練っているかまでは知らないと言うのでした。

「噂《うわさ》じゃこう言ってるらしいよ。『あの砦《とりで》には、魔物たちがあちこちから集めてきた金銀財宝《きんぎんざいほう》がある。あの魔女《まじょ》を捕《つか》まえて隠《かく》し場所《ばしょ》を吐《は》かせれば手に入る。お宝《たから》を山分けだ』ってね」

「宝?」

そんなものあるんだろうか、とチポロは思いました。魔物たちはイレシュをさらったし、あちこちで森や田畑を荒《あ》らすような悪さをしたとは聞きますが、金銀財宝《きんぎんざいほう》を盗《ぬす》んだなんて話は聞いたことがありません。チポロがそう言うと、

「そうだよ。魔物は金なんか使わなくても暮《く》らせるもの」

と、母親は笑いました。

「でも、たしか一番強い大きな赤い魔物は、宝石や飾《かざ》りのついた金鎖《かなぐさり》を、じゃらじゃら首に巻《ま》いてるって聞いたことはあるよ。自分が倒《たお》した人間からぶんどったんだってさ」

「戦利品か……」

ひょっとしたら、魔物の中にはそういう人間のまねをする者もいるのかもしれませんが、だからといって魔物たちが砦《とりで》に財宝を溜《た》め込《こ》んでいるとは限《かぎ》りません。

(そんな嘘《うそ》までついて、自分の恨《うら》みのためにイレシュを——)

チポロの中に怒《いか》りがふつふつとわき上がってきました。

「おばさん、ありがとう」

チポロは立ち上がりました。

「どこ行くんだい?」

「イレシュを助ける」

そうだ。それが自分のすべきことだったんだ、とチポロは思い出しました。

(どんなふうに変わっても、イレシュはイレシュだ。もう二度と危険《きけん》な目にあわせたくない。あわせない。俺《おれ》が助ける!)

そして、助けたらイレシュに聞こうと思いました。村に帰りたいのかどうかを。

(イレシュが帰りたいなら、いっしょに帰る。もし、帰りたくないって言うなら……俺は一人で帰る。ちゃんと理由を聞いて、イレシュの家族にも伝えるんだ)

チポロはそう決心しました。


そのころ、あの若者《わかもの》は街の中でも特に貧《まず》しい家々が並《なら》ぶ場所に行き、なにかを探《さが》していました。そして一軒《けん》の家の前で、扉《とびら》を叩《たた》きながら泣いている小さな子を見つけると、その家の人間を呼《よ》び、なにか話を持ちかけました。しかし、その貧しい家の母親は若者の話を聞くなり、びっくりして子どもを抱《だ》き上《あ》げ、家の中に入ってしまいました。

若者は仕方なく、別の家々を探しました。そしてとうとう、また同じように外へ出されている子どもを見つけました。若者は今度は慎重《しんちょう》に、家の中にいた父親に話しかけました。そして酒を飲んでいた父親の手に金貨をにぎらせると、外にいた、はだしの子どもの手を引いてどこかへ連れていってしまいました。

次の日の朝、前の日と同じ安宿に泊《と》まっていたチポロは、がやがやと大勢《おおぜい》の人々が話す声で目を覚ましました。

(うるさいなあ。こっちは眠《ねむ》いのに)

昨夜《ゆうべ》、一晩中《ひとばんじゅう》歩いても、イレシュには会えず、チポロは疲《つか》れきっていました。しかし、ごろりと背《せ》を向けても、大部屋の人々の声はようしゃなく聞こえます。

「なんだって！　そりゃ本当なのか？」

「ああ、本当さ。この目で見てきたんだよ」

「本当に、あの氷の魔女《まじょ》が？」

チポロは飛び起きました。するとちょうど、宿の中に入ってきた見知らぬ若《わか》い男と人々が、いっせいにチポロを見ました。チポロが人々にイレシュのことを聞くより早く、

「あんたがチポロだな。ススハム・コタンから来た」

と、体格《たいかく》のいい若い男は言いました。

「ああ、そうだ」

男はじろじろと、チポロを上から下まで見ました。

「なんだ。ほんとにガキなんだな。魔女《まじょ》が会いたがってるっていうから、もっといい男かと思ったぜ」

男の下品な笑い方は、驚《おどろ》くほどあの包帯の若者《わかもの》に似《に》ていました。

「まあいい。ついてこい」

「どこへ？」

「来ればわかるさ」

男の横柄《おうへい》な態度《たいど》に、チポロはむっとしましたが、とにかくイレシュに会えるのだからと自分に言い聞かせ、ついてゆくことにしました。

「イレ……魔女はどうして急に捕《つか》まったんだ？」

「知恵《ちえ》を使ったんだよ。あいつが」

「あいつ？」

「前に失敗してひどい目にあわされたヤツさ。今度は子どもを使ったんだ。弱って雪の中に倒《たお》れてる子どもを魔女が心配してやってきたところで、頭を一発さ。さすがの魔女も目ぇ回して、ぶっ倒れたってわけだ」

「なんだって？」

チポロは立ち止まり、大笑いする男に聞き返しました。

「それは……本当なのか？」

「ああ本当さ。そこを布《ぬの》をかぶせて捕《つか》まえたんだ」

「イレシュになんてことしたんだよ！」

チポロは男につかみかかろうとしましたが、男はその手を素早《すばや》くはねのけ、さらに拳《こぶし》でチポロの顔を殴《なぐ》りつけました。思いきり地面に叩《たた》きつけられたチポロが、よろよろと起き上がると、

「言《い》い忘《わす》れてたけどな」

と男は顔を近づけ、チポロに告げました。

「この間、あの女に手を凍《こお》らされて、昨夜《ゆうべ》やっとそいつを捕まえたのは、おれの弟だ」

「！」

「まったく、ススハム・コタンのガキは礼儀《れいぎ》を知らないぜ」

男はふらつくチポロのえりもとをつかんで、一軒《けん》の小屋の方に体を向けさせました。どうやらふだんは、船の積み荷をしまっておく倉庫のようです。

「ほら、あそこに魔女《まじょ》は閉《と》じ込《こ》めてある。『おまえの魔法はどうやったら解《と》けるんだ？』『宝《たから》は砦《とりで》のどこにある？』って聞いたら、『ススハム・コタンのチポロにならば話す』って言ったんだ」

「……！」

チポロは小屋へ走りました。小屋の前には、今自分を殴《なぐ》った男の弟、つまりあの包帯の男が数人の仲間を従《したが》え、勝《か》ち誇《ほこ》った顔で待っていました。

「来たな」

チポロは黙《だま》ってうなずきました。

「さあ、入れよ。魔女《まじょ》がお待ちかねだ」

扉《とびら》が開けられ、薄暗《うすぐら》く冷たい小屋の中に、わらと干《ほ》し草《くさ》が乱雑《らんざつ》に積み上げてあるのが見えました。そしてその奥《おく》に目をこらした時、チポロは思わず叫《さけ》びました。

「イレシュ！」

アザラシの毛皮に身を包んだイレシュのひたいには棒《ぼう》で殴られた傷《きず》があり、血がにじんでいました。チポロが思わず手当てしようと手を伸《の》ばすと、

「あたしにさわらないで！」

と、イレシュはきつく言いました。「あたしは魔女なんだから」

「どうして、こんなことに……？」

「あたしは大丈夫《だいじょうぶ》。大したことないわ。それより、あの子どもが心配なの」

「子ども？」

「あたしをはめる罠《わな》のエサにされた子よ。あたしがよく通る道に、寝《ね》かせられてたのよ」

「子どもが芝居《しばい》してたのか？」

「きっと最初はね。でも凍《こお》った道の上に、裸《はだか》みたいな格好《かっこう》で倒《たお》れてたのよ。芝居のはずが本当に気を失ってたんだと思うわ。だからあたし、その子のことが心配で……」

「わかった」

チポロはすぐに扉《とびら》に走り、開けようとしましたが、鍵《かぎ》がかかっていました。

「おい、なんだよ。開けろよ！」

チポロが叫《さけ》んで扉を叩《たた》くと、がちゃりと音がして扉が細く開きました。

「なんのつもりだ？」

「怒《おこ》るなよ。おまえを閉《と》じ込《こ》めたんじゃない。魔女《まじょ》が逃《に》げないようにだ。早いな。もう聞き出せたのか？」

にやにやしながらたずねる包帯の男に、

（おまえなんか、体全部凍《こお》っちまえばよかったのに！）

と、チポロは心の中で毒づきました。

「子どもはどうした？」

「子ども？」

「おまえが卑怯《ひきょう》な罠《わな》に使った子どもだよ。どうした？」

「ああ……。あれはちゃんと家に帰したよ。ちょっと熱が出てたけどな」

「熱があったのにそのまま帰したのか？」

「父親には金を渡《わた》してあるぜ。子どもを借りる時の前金と、仕事が終わったあとの礼金とな。それで医者に行ったり、薬を買ったりするかはわからないけどよ」

「じゃあ、おまえがたしかめてこい。なにもしてなかったら、ちゃんとやらせるんだ」

「はあ？　俺《おれ》が？　なんでだよ」

「そうしないと、『なにもしゃべらない』って魔女《まじょ》が言ってる」

「……ちっ！」

若者《わかもの》は地面につばを吐《は》くと、近くにいた仲間に、今チポロが言ったことをやるように命令しました。チポロはこの極悪《ごくあく》な兄弟もその仲間も信用できませんでしたが、とりあえず奥《おく》に戻《もど》って、今の会話をイレシュに伝えました。

「ありがとう、チポロ」

イレシュは、ほっとしたように笑いました。その嬉《うれ》しそうな顔を見て、チポロは嫌《いや》な人間と交《こう》渉《しょう》した嫌な気持ちが、すうっと晴れていくような気がしました。

「自分のことより、知らない子のことを心配するなんて。イレシュは変わらないな」

嬉しそうに笑っていたイレシュの顔が曇《くも》りました。

「あたしは……変わったわ」

「そんなことない！」

立ち上がったチポロの言葉を聞いて、イレシュの顔に少し笑《え》みが戻《もど》りました。

「チポロの方が変わらないわ。あたしは子どものことを聞いただけだったのに、ちゃんと手当てさせるように言ってくれたんだもの。チポロは昔から、ずっと優《やさ》しかったわ」

「……そんな、ことない」

「チポロ？」

止めようと思っても、涙《なみだ》が流れるのをチポロは止められませんでした。イレシュはチポロの顔から視線《しせん》を落とし、その靴《くつ》を見ました。チポロが商人から手に入れた時、真新しかった靴は、この旅ですっかり汚《よご》れ、すり切れてぼろぼろになっていました。

「ねえ、チポロ。どうしてこんな所まで来てくれたの？　こんなに遠くまで、こんなに苦労して……」

チポロは涙をぬぐって答えました。

「それは……ああ、俺《おれ》にも、やっとわかった。なんでこんなにイレシュにずっと会いたかったか。イレシュはいつも俺のこと、そうやってほめてくれるんだ。イレシュの母さんも、いいところを見つけてくれるんだ。だからもっといいことしようって思えたんだ」

でも、イレシュがいなくなって、イレシュの母さんは、イレシュの家も変わってしまった。それが嫌《いや》で見ていられなくて、自分はここまで来たのだとチポロは思いました。

「母さんは元気？　マヒトやシュナは？」

「元気だよ。みんな」

嘘《うそ》ではない、と思いました。だれも病気になったわけではないのだから。でもイレシュの母が倒《たお》れないのは、まだ小さな下の子たちを支《ささ》えるために必死だからです。もし、なにかあったらぽきりと折れてしまうだろうと思いました。

「イレシュ。帰ろう、いっしょに村に」

イレシュはなにも答えませんでした。その代わりに、こう言いました。

「話すわね。あの日から、今までのことを」

十二、イレシュの話

あの日、魔物《まもの》たちのシンターに乗せられたイレシュは、大きな揺《ゆ》れで目を覚ましました。真っ暗な船底に放《ほう》り込《こ》まれた直後こそ、

「なにするのよ！　ここから出して！」

と壁《かべ》を叩《たた》いて、大声で叫《さけ》び続《つづ》けましたが、なんの返事もなく、やがて声もかれ、手もはれ上がり、心も体も疲《つか》れ果《は》てて眠《ねむ》ってしまったのです。

（どれくらいたったんだろう？　半日？　それとも一日？）

強烈《きょうれつ》な空腹《くうふく》を感じるので、わずかな時間ではないのはたしかです。それに、この寒さは……。

（北に来たってこと？　それとも、高い山の上？）

ふいに天井《てんじょう》が開いて、光とともに、「出ろ」という声がしました。それと同時に、ぎゃあぎゃあという何十匹《びき》もの生き物の声も聞こえました。あの鳥とも獣《けもの》ともつかない顔をした魔物たちの声です。おそらく、外に出ても自分と同じ人間はいないでしょう。一瞬《いっしゅん》ためらったイレシュの

手が、上からにゅっと伸《の》びてきた魔物《まもの》の赤い手に引《ひ》っ張《ぱ》られました。

「痛《いた》っ！」

赤銅色《しゃくどういろ》の魔物に引きずり出され、乱暴《らんぼう》に降《お》ろされたのは、固い石の床《ゆか》でした。

「なに、ここ……？」

そこは巨大《きょだい》な鍾乳洞《しょうにゅうどう》の中を思わせる、石の建物でした。壁《かべ》は妙《みょう》になめらかな所もあれば、ごつごつとした岩がそのままむき出しになった所もあります。人間が杭《くい》を打ち、柱を立て、板を張《は》った建物ではありません。まるで巨人が土をこね、丸めて伸ばして、積み上げて造《つく》ったような建物でした。

イレシュは異形《いぎょう》の者たちに引っ張られ、大きく豪華《ごうか》な部屋に通されました。

しかし、それは豪華といっても、人間が美しいと感じるのは難《むずか》しい部屋でした。壁中にかざられているのは、大きな動物の骨《ほね》と皮です。骨は人間の背丈《せたけ》よりも高かったので、

（これは……きっとクジラの骨だわ）

と、イレシュは思いました。いったいどこにあった骨を、だれが持ってきて組み立てたのでしょう。イレシュは鍾乳石のような骨に、そっと触《ふ》れました。

「連れてきたか？」

声がしてふり返ると、部屋の中にはイレシュより少し年上に見える少年がいました。銀の髪《かみ》に

銀の毛皮、そして長い前髪《まえがみ》からのぞく金と銀の目は、ひどく驚《おどろ》いたように大きく見開かれていました。

(この人は、人間なの?)

もはや、なにが現《あらわ》れても不思議ではないと思いながら、イレシュは少年を見つめました。

(でも、こんな目見たことない。どこの部族なのかしら?)

遠い北の果てや海の向こうには、赤や金や銀の髪、青や緑や茶色の目の人々がいるとは聞いていました。しかし……と、見つめていると、少年は急にイレシュを指さし、魔物《まもの》たちを怒鳴《どな》りつけました。

「なんだこれは……? 違《ちが》う。こいつじゃない。おれが連れてこいと言ったのは別のガキだ!」

「間違いだと?」

少年に聞き返したのは、イレシュを捕《つか》まえて船の箱に放《ほう》り込《こ》んだ赤銅色《しゃくどういろ》の魔物でした。金の鎖《くさり》やら腕輪《うでわ》やらをじゃらじゃらとつけた赤銅色の魔物は、憎々《にくにく》しげに少年を睨《にら》んでいましたが、

「間違いってことは、こいつは普通《ふつう》のガキか?」

と、イレシュを指さしました。するとほかの魔物たちも、「間違いだ」「普通だ」と、ぎゃあぎゃあ騒《さわ》ぎ始《はじ》めました。

(なに? どういうこと?)

戸惑《とまど》うイレシュに少年が近づいてくると、そっと耳もとでささやきました。

「まずいぞ。おまえ、このままじゃ殺される」

「！」

イレシュはびっくりして少年を見ました。どうしてここまで連れてこられたうえに、人違《ひとちが》いで殺されなければならないのでしょう？　茫然《ぼうぜん》とするイレシュの周りに、

「間違いだったのか！」

「じゃあいらないな！」

「喰《く》ってもいいんだな！」

と、嬉《うれ》しそうに叫《さけ》ぶ魔物《まもの》たちが、期待に目を輝《かがや》かせながら少しずつ寄《よ》ってきます。イレシュはぞっとし、心ならずも、ただ一人だけ自分をそんな目で見ていない少年の顔を見ました。少年は一瞬《いっしゅん》、目を閉《と》じると、

「待て！」

と、魔物たちを一喝《いっかつ》しました。

「食い意地の張《は》った馬鹿者《ばかもの》どもめ。ちゃんとたしかめるまで待て」

そして少年は魔物たちを睨《にら》みつけたまま、ほとんど口を動かさずに、イレシュにこう言いました。

「今から、おまえが生《い》き延《の》びる、たった一つの方法を与《あた》える。動くなよ」

「え？」

少年はイレシュを魔物《まもの》たちからかくすように、イレシュの前に立ちました。そして魔物たちから見えないように、自分の衣《ころも》の袖《そで》から、さっと二本の腕輪《うでわ》を取り出し、イレシュの両手にはめました。それは一瞬《いっしゅん》の早わざで、イレシュにはなにが起こったのかわからなかったほどでした。

両手にはめられた腕輪は、水に落ちた雪のようにすっと透《す》けてゆき、その黒い鎖《くさり》のような紋様《もんよう》だけが、肌《はだ》の上に残りました。イレシュの手首には、まるでぐるりと刺青《いれずみ》を彫《ほ》ったように、紋様が描《えが》かれていたのです。

「なんなの、これ？」

その問いに少年は答えず、自分の仕事は終わったとばかりに、さっさとイレシュから離《はな》れました。

「ちょっと待ってよ！」

少年を引きとめようとするイレシュに、

「やった、久々《ひさびさ》の人間だ！」

と言いながら、大きなコウモリのような魔物が飛びかかってきました。牙《きば》のある大きな口が近づき、

「あっ！」

と、思わずふり払《はら》ったイレシュは、自分の目を疑《うたが》いました。魔物《まもの》は石の床《ゆか》に転がったまま、ぴくりとも動きませんでした。その体には白い霜《しも》がつき、固く凍《こお》りついていたのです。

驚《おどろ》くイレシュを指さし、少年が大声で言いました。

「これでわかったか？　馬鹿《ばか》ども。こいつはどうやらオキクルミさまが捜《さが》していた子どもだったようだ。さわるとこうなるぞ！」

少年はイレシュの足もとから、凍ったコウモリをつまみ上げ、魔物たちの群《む》れに放り投げました。かしゃん、と音がして、コウモリの羽根が割《わ》れました。魔物たちの間から、ぎゃっという悲鳴が上がり、イレシュを取り囲んでいた群れが、さあっと遠巻《とおま》きになりました。茫然《ぼうぜん》とするイレシュに少年は手招《てまね》きしました。魔物たちの間をイレシュが歩いてゆくと、大きな扉《とびら》の前で、

「おまえの部屋だ」

と言って、少年は扉を開けました。イレシュは思わず目をつぶりました。立て続けに恐《おそ》ろしい目にあっていたので、さらに恐ろしい目にあうかと思ったのです。しかし、その部屋の中に、あの魔物たちのような、胸《むね》の悪くなるような臭《にお》いはありませんでした。むしろ、今までの部屋と違《ちが》って、心地《ここち》よいほっとするような香《かお》りがしました。

イレシュはそっと目を開けました。

（この部屋は？）

そこは人間のイレシュから見ても、美しい部屋でした。

床《ゆか》にはすみからすみまで、柔《やわ》らかく真っ白な毛皮がしきつめられています。囲炉裏《いろり》には、あかあかと火が燃《も》え、くつくつとおいしそうな汁物《しるもの》が煮《に》えていました。そのほかにも、干《ほ》した果物や木の実がかごに盛《も》られ、どれも大粒《おおつぶ》でおいしそうにつやつやと輝《かがや》いていました。外は凍《こご》えるような寒さだというのに、この部屋はそんなことなど考えずに、何日でも過《す》ごせそうな心地《ここち》よさです。

なによりイレシュが驚《おどろ》いたのは、四方の壁《かべ》に描《えが》かれたみごとな絵でした。まるで本物のような絵には、コタンで暮《く》らす人々の四季が描かれています。春は雪どけの山々と花の咲《さ》き乱《みだ》れる野原、夏は魚のはねる川と海、秋は紅葉《こうよう》する森と実りの畑、冬は凍《こお》った湖と雪をかぶった木々――また、それらの風景の中には獣《けもの》を狩《か》り、魚を釣《つ》り、木の実を集め、草木を刈《か》り、日々の道具を作り、助けあって暮らす人々の姿《すがた》がありました。

イレシュはしばらく恐怖《きょうふ》も不安も忘《わす》れて、絵に見入りました。

（これは樺《かば》の木、これは楡《にれ》の木、これは柳《やなぎ》の木……）

絵は木の葉の一枚一枚まで、細かく描《か》き分《わ》けられています。小さな草の花や木の実や、虫の一匹《ぴき》にいたるまで、何ひとつなおざりにされてはいません。

また野山の様子だけでなく、人々の表情《ひょうじょう》もみごとでした。夢中《むちゅう》で遊ぶ子どもたちを、目を細めて見る老人や、獲物《えもの》を仕留《しと》めようと獣《けもの》を真剣《しんけん》な目で見つめる若者《わかもの》、楽しげに機《はた》を織《お》る娘《むすめ》のそばで縄《なわ》をなう老婆《ろうば》、祭りの広場で火をたき、輪になって踊《おど》る人々の笑顔《えがお》……絵といえば熱した小刀の刃《は》で焼きつけたものか、彫《ほ》り物《もの》や織物でしか見たことのなかったイレシュにとって、それらはまるで壁《かべ》の中に、もう一つの世界があるようでした。

（いったい、だれがこんなすばらしい絵を？）

物音がして、イレシュはふり返りました。絵に夢中《むちゅう》になって、自分がどこにいるかすっかり忘《わす》れていたのです。

「食事だ。これから日に二回は持ってくる」

小さな盆《ぼん》を持ったさっきの少年が立っていて、囲炉裏《いろり》のそばにその盆を置きました。大きな肉や野菜の入った汁《しる》と、焼いた魚が載《の》っています。イレシュはごくりとつばを飲《の》み込《こ》みましたが、出ていこうとする少年に急いで言いました。

「ちょっと待って。その前に、あたしの手をもとに戻《もど》してよ」

少年は立ち止まり、ふり返ってイレシュに言いました。

「戻したら、おまえはたちまち魔物《まもの》どもに喰《く》われるぞ。それでもいいのか？」

「でも、あたしは人違《ひとちが》いなんでしょ？　用がないんでしょ？　村に帰してよ」

「そうはいかん。あと三年すれば、あの方がいらっしゃる。手ぶらで迎《むか》えるわけにはいかない」

「ようするに、本当に捜《さが》してる子どもが見つからなかった時は、あたしが代わりになるってこと？」

「そうだ」

なんて勝手な、とイレシュは絶句《ぜっく》しました。

「おまえの名前は？」

「人に聞くなら、自分から名乗りなさいよ」

「おれはヤイレスーホ」

「……イレシュよ。ところであたしは、いったいだれの代わりなの？」

「オキクルミさまの妹の子だ」

「オキクルミって……あの、雷神《らいじん》オキクルミ？」

雷神オキクルミはこの世が創《つく》られたころからいる、伝説の神さまです。そんな神さまの親族と間違《まちが》われたと知って、イレシュは目眩《めまい》がしました。

(最初は間違われたのかもしれないけど、こんな状態《じょうたい》じゃ、なりすましてるようなものだわ。ばれたらいったいどうなるの？)

オキクルミは、怒《おこ》ると雷《かみなり》で地上の家を焼き、人を焼いたという話を思い出し、イレシュはぞっとしました。雷《かみなり》で焼かれるのも、ここにいる魔物《まもの》たちに喰《く》い散《ち》らかされるのも嫌《いや》です。もう一度村に帰って、両親やチポロに会うまで、ぜったいに死にたくはありません。でも、どうすれば、無事に家に帰ることができるのでしょう？

困惑《こんわく》するイレシュに、ヤイレスーホは言いました。

「わかったな。死にたくなければ、もともとそんな力を持ってたふりをするんだ。『なぜ、今まで使わなかった？』と聞かれたら、人間の世界では目立つから隠《かく》してたということにしろ」

「そんな芝居《しばい》、できないわ」

「やるんだ！」

イレシュはヤイレスーホの不気味な金と銀の目を見つめ、覚悟《かくご》を決めました。

「……わかったわ。でも、一つだけ教えて。この力は、呪《のろ》いは、いつ消えるの？」

「おれが死んだら消える」

「嘘《うそ》でしょ？」

ヤイレスーホは、あっさり答えました。

この少年が死ぬのは、いったい何十年後なのでしょう？　イレシュは気が遠くなってきましたが、

「呪いとはそういうものだ」

と言《い》い捨《す》て、ヤイレスーホは出ていきました。

「――そしてあたしは、『魔女《まじょ》』と呼《よ》ばれるようになったの」

イレシュはチポロに言いました。

「最初はずっと、部屋の扉《とびら》に鍵《かぎ》をかけられて、閉《と》じ込《こ》められてたわ。あたしが逃《に》げ出《だ》さないように。でも、あたしは外に出たかった」

何度言っても外に出してくれないので、イレシュはヤイレスーホの持ってきた食事をとらないことにしました。最初は腹《はら》が立って、たまたま一食抜《ぬ》いただけでしたが、思いのほかヤイレスーホが心配するのを見て、

(もしかしたら、これは使える?)

と思ったのです。案の定、二食三食と抜くうちに、ヤイレスーホは意外なほど焦《あせ》って、「なにが不満なんだ」「どうしたら気が済《す》むんだ」と聞いてくるようになったのです。

「そして、あたしが『外に出たい』って言ったら出してくれたのよ。不思議でしょ? こんな呪《のろ》いをかけられるくせに、無理やり食べさせることはできないのよ。でも、『砦《とりで》の外に出てもいいが、遠くへ逃げようとしたらすぐわかるからな』って言われたわ。この港のあちこちにいる『小さな魔物たちが見てる』って」

「そうなんだ……」

「ええ。それでも部屋にいるより、ずっとよかったわ。遠くからでも、人の暮《く》らしを眺《なが》められて、楽しかった。それから毎晩《まいばん》、街を歩いたわ」

「ずっと、夜だけ?」

チポロは信じられない思いでたずねましたが、イレシュはうなずきました。

「昼に出たこともあったけど……ヤイレスーホの言ったとおりになったわ」

「えっ?」

「ヤイレスーホは言ったの。『おまえはもう人間じゃない。人間として見られることはない』って。そのとおりだった」

イレシュは、まるで老人が若《わか》いころを語る時のように、遠い目をしました。

「太陽の下の草も花も、みんなきれいで、ついさわってしまう。でも、みんな凍《こお》りついて枯《か》れてゆくの。それを見た人は……」

チポロは想像《そうぞう》しました。見知らぬ少女が手を触《ふ》れたとたん、霜《しも》に当たって枯れるように、一瞬《いっしゅん》で緑の草や花が色を失ってゆく――それはきっと、生き物の命をうばう恐《おそ》ろしい魔法《まほう》にしか見えないでしょう。

「だから、砦《とりで》に帰ったの」

「……なんてこった」

チポロは唇《くちびる》をかみしめました。イレシュは自分の意思ではなく、無理やり連れてこられたのに、その砦《とりで》にしか居場所《いばしょ》はなく、砦の中でも、魔物《まもの》たちから身を守るためには、ヤイレスーホという男にしか頼《たよ》れないのです。

「あたしはやっぱり、昼に起きていちゃいけないんだと思ったわ。命に触《ふ》れてはいけないんだって」

そしてイレシュは明るい太陽が大地を照らす昼間は眠《ねむ》り、日没《にちぼつ》とともに起き出し、夜の街を歩くことにしたのです。

イレシュはヤイレスーホに与《あた》えられた白いアザラシの毛皮をまとい、闇《やみ》にまぎれて街を歩きながら、この港の人々の暮《く》らす音に耳をすまし、窓《まど》からそっと家の中をのぞきました。特に、子どもや病人のいる家は、気になって何度も見にゆきました。そのうちに、イレシュは、どの家にどんな子どもがいるのか、すっかり覚えてしまいました。

イレシュは貧《まず》しい家々の前に、凍《こお》った魚や肉を置きました。そういったものは、森で小川や池やウサギ穴《あな》に手を入れれば、たやすく手に入りました。イレシュの置いた食料に、家の人々は驚《おどろ》き、天《てん》の恵《めぐ》みだと感謝《かんしゃ》しました。しかし、それらの食料は、いつも仲むつまじく分けられるわけではありませんでした。

貧《まず》しくても、優《やさ》しい親がいる家もありましたが、貧しさに負けて親が子を捨《す》て、捨てられた子ども同士が争っている家もありました。

時には、自分の家に入ることが許《ゆる》されず、戸口の外で泣いている子どももいました。そんな子は、イレシュを見ると抱《だ》き上《あ》げてもらおうとするかのように手を伸《の》ばしましたが、イレシュはその手をとることができませんでした。

(あたしが触《ふ》れたら死んでしまう。でも、このままでは……!)

イレシュはほかの家の子どもでも、助けてくれそうな大人を探《さが》しました。生活に少しゆとりのある家、子どもがなく、子どもを欲《ほ》しがっている家——そんな家の戸を叩《たた》き、出てきた人を、泣いている子どものいる場所へ導《みちび》きました。そんなことを繰《く》り返《かえ》しているうちに、イレシュはその顔と行いを知られるようになってゆきました。

「『女神《めがみ》さま』なんて呼《よ》ばれることもあったのよ。おかしいでしょう?」

「おかしくないよ」

チポロは首をふりました。本当に、全然おかしいとは思いませんでした。しかし、イレシュの行動が、人々に感謝されていた日々は、あっけなく終わりました。

「でも、あの人が……あたしにさわって凍《こお》りついて、たちまちそんな評判《ひょうばん》は消えたわ」

「あいつが悪いんだ。自業自得《じごうじとく》だよ!」

「……ありがとう。チポロ」

イレシュはほほえみました。

「呪《のろ》いをかけた人間が死んだら、呪いは消えるんだな？」

「……ええ。たしかに『おれが死んだら』って、ヤイレスーホは言ったわ」

「じゃあ、そいつを殺す」

チポロは迷《まよ》わず言いましたが、イレシュは首をふりました。

「やめてチポロ。そんなことして、チポロが傷《きず》つくことないわ」

「傷つく？　傷つくわけなんかない！」

「ううん。チポロはぜったい心が痛《いた》むわ。自分を責《せ》めるわ。だって……あたしがそうだった。殺したわけじゃないけど」

「イレシュ……」

イレシュはあの若者《わかもの》に触《ふ》れた夜、気になって家までこっそり見に行ったのでした。若者の母親は、仲間に運《はこ》び込《こ》まれた息子《むすこ》の色が変わった手を見て泣《な》き叫《さけ》び、一晩中《ひとばんじゅう》自分の手で温めようとこすっていました。若者は明け方目が覚めて、

「指が動かない！　指が動かないよ、母さん！」

と大騒《おおさわ》ぎし、「ああ、かわいそうに。私《わたし》の指と取《と》り換《か》えてやりたい！」と、母親は泣《な》き崩《くず》れてい

ました。

「そりゃ……そりゃかわいそうかもしれないけど、でも……」

そんな馬鹿息子《ばかむすこ》を育てた母親も悪いんじゃないか、とチポロは思いましたが、イレシュが唇《くちびる》をかみしめているのを見ると、とても口に出しては言えませんでした。

「チポロ、もし、もしもなんだけど」

ふいにイレシュが言いました。

「チポロは自分が、神さまの子どもだったらどうする？」

「はあ？」

チポロは、なぜイレシュが突然《とつぜん》そんなことを言うのだろうと思いました。

「どうするって、どうもしないよ。俺《おれ》、神さまみたいな力持ってるわけじゃないんだし、普通《ふつう》に暮《く》らすよ」

「でも、チポロの前に神さまが現《あらわ》れて、『いっしょに神の国へ行こう』って誘《さそ》ったら？　そこは夢《ゆめ》のように美しい世界で、魔物《まもの》もいないのよ」

「だからって、行かないよ。だって、そこは神さまばっかりで、俺以外に人間はいないんだろ？　そんなのやだよ。イレシュもいないのに」

「…………」

その時、かたかたと小さく小屋が揺《ゆ》れ出《だ》しました。

「なんだ?」

チポロは呟《つぶや》き、イレシュはなにかに耳を澄《す》ますように立ち上がりました。

「迎《むか》えに来たんだわ」

「迎えに? だれが?」

「ヤイレスーホよ」

「ヤイレスーホ……!」

チポロの手は自然に、背負《せお》った弓矢に向かっていました。

「無理よ。あの人、普通《ふつう》の人間じゃないから」

「わかってる」

チポロは〈魂送《たまおく》りの矢〉を手にとり、答えました。「でも、これも普通の矢じゃないんだ」

イレシュは驚《おどろ》いてチポロと矢を見ました。

「どうしてチポロがそんなものを?」

「俺《おれ》も、いろいろあったんだ。強くなったんだよ、昔よりずっと。だから……!」

チポロはもっともっと、イレシュに自分のことを話そうとしましたが、小屋の揺れがはげしくなり、窓《まど》から氷のような風が吹《ふ》き込《こ》んできました。

「チポロ、あの砦《とりで》には宝物《たからもの》なんてないわ！」

「だろうと思ったよ！」

二人は風に負けないように大声で話しました。

「でも、あると思ってる人がいるわ。そう言いふらしてる人も。そんなのに騙《だま》されたら危険《きけん》だから、みんなに言って！」

「わかった！」

風はあっという間に吹雪《ふぶき》になり、小屋の中を白く染《そ》めてゆきました。雪はまるで生き物で、小屋のあらゆるすきまから入《はい》り込《こ》んできます。外から、「竜巻《たつまき》だ！」「雪の竜巻だ！」という叫《さけ》び声《ごえ》が聞こえました。そして、

「さよならチポロ！」

というイレシュの声がしました。

「イレシュ！」

チポロは思わずイレシュの手をとろうとしましたが、イレシュは手を引き、言いました。

「さわらないで。お願いだから！」

チポロはなんと言ったらいいかわからず、こう言うのが精一杯《せいいっぱい》でした。

「イレシュは人間なのに！」

「昔……はね」

という声が、かすかに聞こえました。

「今もだよ！　行かないで！　行くな！」

雪と風ははげしくなり、小屋は今にも壊《こわ》れんばかりにがたがたと揺《ゆ》れ出《だ》しました。チポロは小屋の壁《かべ》に押《お》しつけられ、雪が目や口の中に入ってくるのを防《ふせ》ぐので精一杯《せいいっぱい》でした。みしみしという音がして、柱が傾《かたむ》き、壁がはがれ、屋根が崩《くず》れ落《お》ちました。

「うわあぁっ！」

しばらくして、つぶれた小屋の中からやっとのことでチポロがはい出してみると、あたりはしんとして、小屋以外に壊れたものもなく、竜巻《たつまき》など起こったとは信じられませんでした。しかし、小屋は巨人《きょじん》の手でにぎりつぶされたように砕《くだ》け、木っ端《こば》の中に包帯の男やその仲間がうめいていました。

「イレシュ！」

チポロは壊れた小屋から離《はな》れ、あたりを捜《さが》しましたが、イレシュの姿《すがた》はどこにもありませんでした。その残したものすらありませんでした。

「イレシュ！」

竜巻《たつまき》に運ばれたイレシュは、いつのまにか砦《とりで》の前に立っていました。

「チポロ……」

遠い家々の灯《ひ》を見て、イレシュは呟《つぶや》きました。そして砦の中に入り、二階への階段《かいだん》を上っていくと、その途中《とちゅう》にヤイレスーホが立っていました。

「お帰り。魔女《まじょ》」

イレシュは無視《むし》して通《とお》り過《す》ぎましたが、ヤイレスーホはかまわず続けました。

「よく、そう呼《よ》ばれながら、ほどこしを続けるもんだ」

イレシュは大きく息をつき、ふり返ってヤイレスーホに言いました。

「あたしのしてることが気に入らないのなら、この呪《のろ》いを解《と》いてよ！」

「…………」

「まだ、本当の子どもは見つからないの？」

「……そうだな」

「役立たず！」

ヤイレスーホはなにも言いませんでした。イレシュは黙《だま》って歩き出しました。忌《い》ま忌《い》ましいけれど、今はここにしか自分の居場所《いばしょ》はないのです。

「なんと呼ばれようとかまわない。あたしはあたしだもの」

イレシュは自分に言い聞かすように、小さな声で繰《く》り返《かえ》しました。

「あたしはあたし。呪《のろ》いをかけられたって、心まで魔物《まもの》になったわけじゃない。あたしは人間だわ」

うしろからヤイレスーホのあざ笑うような声が聞こえました。

「自分でそう思っているだけだ」

イレシュは力の限《かぎ》りに、部屋の扉《とびら》を閉《し》めました。

一人で部屋に入ったイレシュを、たくさんの人々のほほえみが迎《むか》えました。

（こんな絵なんか、なければいいのに……）

最初は、温かく心がなごむように感じられた絵は、今では帰ることのできない故郷《こきょう》を思い出させる、残酷《ざんこく》な絵にしか見えませんでした。

（いったい、だれが、こんな絵を描《か》いたの？）

もし今、自分が家に帰ったなら、家族はもちろん自分に触《ふ》れようとするでしょう。母は手をとり、弟たちは飛びついてくるに違《ちが》いありません。そのとたん、彼《かれ》らは文字どおり凍《こお》りつくでしょう――いっしょに暮《く》らすなどできるわけがありません。

この砦《とりで》に連れてこられてからの出来事で、イレシュは一つだけ、チポロに話していないことがありました。

「おれが連れてこいと言ったのは別のガキだ！」

とヤイレスーホが言った時、赤銅色《しゃくどういろ》の魔物《まもの》はこう言い返したのです。

「こいつはたしかに『シルン　カムイ　ネゥン　オマンワシム』と言ったぞ。ガキを怖《こわ》がらせて、その呪文《じゅもん》を唱える奴《やつ》を捜《さが》せって、おまえが言ったんじゃないか、ヤイレスーホ！」

ヤイレスーホは「本当か？」とイレシュにたずねました。イレシュがうなずくと、

「おまえはその呪文をだれに聞いた？」

と、さらにたずねました。

「それは……」

と言いかけて、イレシュは悟《さと》りました。この少年が捜している子どもの目印は、チポロの教えてくれた呪文なのだと。

(じゃあ、この人が捜してるのは本当はチポロなんだわ)

それならば、彼《かれ》にチポロのことを話してしまえばいいのか、とイレシュは思いました。そうすればチポロがここへ連れてこられ、間違《まちが》えられた自分は村に帰ることができるのです。でも……。

「だれに聞いた？」

イレシュはチポロの顔を思い出しました。小さなころの、チヌの衣《ころも》の裾《すそ》をつかんで離《はな》さなかっ

た、いつも心細げだった顔や、弓の練習をしても、ひょろひょろとしか飛ばせず悔《くや》しがっていた顔……そしてシカマ・カムイの家来との力試《ちからだめ》しに名乗り出て、笑われ、野次を飛ばされても、じっと耐《た》えていた真剣《しんけん》な顔……イレシュは心を決めました。

「だれだ？」

いらいらと聞くヤイレスーホに、イレシュは言い返しました。

「忘《わす》れたわ。子どものころに、だれかに聞いたの。旅の商人だったかもしれない」

「……本当か？」

「本当よ。嘘《うそ》だと思うなら、あなたの仲間たちにばれないうちに捜《さが》しに行きなさいよ。早く本物の子を見つけて、あたしを解放《かいほう》してちょうだい」

イレシュはヤイレスーホに、きっぱりと言いました。

（あの時、あたしはヤイレスーホを欺《あざむ》くと決めた。だからずっと、あきらめていたのに。あたしはまた、村に帰ることを考えてる）

イレシュは床《ゆか》に倒《たお》れ込《こ》みました。雲のように白い毛皮に、涙《なみだ》が落ちてゆきます。チポロに会ってから、イレシュの中でずっとあきらめていた、故郷《こきょう》への思いがよみがえってきました。凍《こお》っていた心がとけてしまったのです。

十四、操《あやつ》られた人々

次の日の朝、宿でチポロは、再《ふたた》び大騒《おおさわ》ぎする人々の声で起こされました。

（今度はなんなんだ？）

起きて周りを見回すと、みなチポロのことなど目に入らないようで、それぞれ慌《あわ》ただしく着替《きか》え、出かける準備《じゅんび》をしています。宿の外を見てみると、近所の人々もまた、手に手に弓や剣《けん》や、斧《おの》や鉈《なた》や鍬《くわ》といったものを持っています。昨日の市《いち》はお祭りのようでしたが、今日は戦《いくさ》でも始まるのかと思いました。

「今日はなにかあるんですか？」

チポロが宿の主人に聞くと、

「戦だよ」

と、主人は言いました。

「えっ、本当に戦？　どこの、だれと？」

「みんなで砦《とりで》に行くんだってさ。あの砦にはヤイレスーホっていう男が魔物《まもの》たちに命じて、あちこちから集めた宝《たから》がある。その宝を奪《うば》って、みんなで分けようっていうんだ」

ああ、あの女の人が教えてくれた噂《うわさ》のことか、とチポロは思いました。

「宝があるなんて本当かなあ？」

チポロが呟《つぶや》くと、「本当だよ」と、おかみがムキになって言い返しました。

「あんたはよそ者だから知らないだろうけど、ここらでは昔から言われてるんだよ。あの砦にはオキクルミさまが妹のために作った、贅《ぜい》を尽《つ》くした部屋があるって。壁《かべ》も天井《てんじょう》も、この世の宝で描《えが》かれてるんだってさ。きっと金銀財宝《きんぎんざいほう》で描かれてるに違《ちが》いないよ」

「へー」

魔物たちが集めた財宝のほかにも、そんな言い伝えがあったんだ、と思ったチポロに、宿の主人が小声で言いました。

「おれも信じられないよ。でも、みんなその話に夢中《むちゅう》だ。このあたりで一番の金持ちで船持ちの兄弟が、昨日の竜巻《たつまき》のあとに、大きな宝石《ほうせき》が落ちてたのを見つけたっていうんだ。『きっと、あの砦にはもっとある』『伝説の金銀財宝で描かれた部屋もある』ってさ」

そんな宝石なんて、本当に昨日拾ったのかどうかもわからないのに……とチポロは思いました。

（あの兄弟、馬鹿《ばか》だけど、噂や人の欲《よく》を利用するのはうまいんだ。みんな、そんなはっきりしない話にそそのかされて、いきなり魔物《まもの》に立ち向かっていくなんて大丈夫《だいじょうぶ》なのか?)

シカマ・カムイとその家来のような強者《つわもの》たちならば別ですが、普通《ふつう》の人々が手近な道具だけを武器《ぶき》に魔物に向かっていくのは危険《きけん》すぎます。そう人々を心配しながら、チポロの頭の中にはまた別な、期待のようなものも浮《う》かびました。

(待てよ。この騒《さわ》ぎを利用すれば、イレシュを救い出せるかもしれないぞ)

それに万が一、本当にあの兄弟たちが魔物を倒《たお》して、イレシュに呪《のろ》いをかけた者が死んでくれたら――と、ぶつぶつ考えるチポロのうしろで、宿のおかみが主人に言いました。

「あんたも行ってきたらどうだい?」

「冗談《じょうだん》はよせよ。魔物の力は馬鹿《ばか》にできないぜ」

その言葉を聞いてチポロは、はっ、と思い直しました。

「そうだ。イレシュは『宝《たから》なんてない』『騙《だま》されたら危険だ』って言ってた」

「えっ?」

「街の人に危険だって言ってきます。聞いてくれるかわからないけど」

「おいおい。みんな欲《よく》にかられて殺気立《さっきだ》ってる。やめた方がいい」

宿の主人の言うことはもっともだと思いました。でもあの兄弟はともかく、ほかの人たちがけがをするようなことは嫌《いや》でした。それによって、イレシュがまた苦しむことも。

「三日間、ありがとうございました」

チポロは宿を出ると、砦《とりで》へ続く岬《みさき》に向かって走り出しました。


そのころ、イレシュは冷たい床《ゆか》に寝転《ねころ》がっていました。

港の人々が砦に向かってくるとわかってから、その騒《さわ》ぎを利用して逃《に》げ出《だ》さないようにと、ヤイレスーホに窓《まど》のない地下室に閉《と》じ込《こ》められていたからです。

「オキクルミさまが三年ぶりに来るという日に、よけいな騒ぎを起こす奴《やつ》らだ」

ヤイレスーホはそう言って出てゆきました。

(今日、オキクルミさまが来る?)

いよいよ、その日が来てしまったんだ、とイレシュは思いました。

(ヤイレスーホはどうする気なんだろう。本当にあたしを、『捜《さが》していた子どもです』って、オキクルミさまの前に出すのかしら? それで本当にうまくいくの?)

イレシュには、この三年間、ヤイレスーホが本物の子どもを熱心に捜しているようには見えませんでした。もっとも魔物《まもの》たちに命令すれば、イレシュが偽者《にせもの》だとばれてしまうので、秘密《ひみつ》にしなければならないのでしょうが、イレシュにとってヤイレスーホは、いつもなにを考えているのかわからない存在《そんざい》でした。

（いっそ、あの『呪文《じゅもん》』はチポロから聞いたと言ってしまおうか？）

イレシュの脳裏《のうり》に、再《ふたた》びそんな考えがよぎりました。けれど、そうすればオキクルミはチポロを神々の国へ連れていってしまうでしょう。年老いたチヌを一人残して――。

この三年間で、あのひょろひょろした小さなチポロはずいぶん変わっていました。小さな弟が無理やり知らない所へさらわれるのを防《ふせ》ぐような気持ちで、身代わりになっていたイレシュは、本当のことを本人に告げてしまおうかとずいぶん悩《なや》みました。

（でも、チポロははっきり『神さまの国なんか行きたくない』と言った。あたしも神さまの国なんて行きたくない。どうすればいい？　どうすれば二人で帰れるの？）

イレシュはヤイレスーホが置いていった水さしに手を伸《の》ばしました。

「あ……っ！」

うっかり落とした水さしが割《わ》れ、その欠けらに触《ふ》れた指先から、思った以上に血が出ました。

「…………」

イレシュは自分の赤い血をぼんやりと見つめました。当たり前ですが、自分の手に触れても自分の血は凍《こお》らず、衣服の上に流れてゆきます。

（イレシュは人間なのに！）

ヤイレスーホが起こした竜巻《たつまき》の中で、チポロが言った言葉をイレシュは思い出しました。

（昔……はね）

と答える自分に、

（今もだよ！　行かないで！　行くな！）

と、叫《さけ》ぶチポロの声を思い出し、イレシュは血だらけの手で顔をおおいました。

「チポロ……」


しばらくして部屋の扉《とびら》が開きました。顔を上げたイレシュは、

「なんだその血は！」

と、食べ物を運んできたヤイレスーホが叫ぶのを見て、ぽかんとしました。

「どこを切ったんだ。大丈夫《だいじょうぶ》なのか？」

もう血は止まり、大して痛《いた》くもありませんでした。イレシュは、いつも冷静なヤイレスーホが取《と》り乱《みだ》していることが、なんだかおかしく感じました。そのおかしさからか、イレシュに出来心が起こりました。心配して近づいてきたヤイレスーホを、自分から抱《だ》きしめてみたのです。

「！」

驚《おどろ》くヤイレスーホの首に回した手を、イレシュは離《はな》しました。

「やっぱり、あなたは凍《こお》らないのね」

残念そうに呟《つぶや》くイレシュに、ヤイレスーホは怒《いか》りと軽蔑《けいべつ》をこめた口調で言いました。

「馬鹿《ばか》なことを……！」

「ええ、そうね」

イレシュは素直《すなお》に同意しましたが、続くヤイレスーホの言葉に驚《おどろ》きました。

「そんなに、生きているのが嫌《いや》になったのか？」

呪《のろ》いを苦に、死のうとしたと思われたのか……と悟《さと》ったイレシュは、

「出来心よ。本当に馬鹿なことをしたわ。あなたのせいで死ぬなんてね」

と言って、わざと睨《にら》みつけました。するとヤイレスーホの顔から怒りが消え、ふいに寂《さび》しげな表《ひょう》情《じょう》が浮《う》かびました。

「……なぜ、感謝《かんしゃ》しない？」

「感謝？」

「おまえは呪いだと言うが、そのおかげで魔物《まもの》たちの餌食《えじき》にならずに済《す》んだ。しかもこのまま本物の子どもが見つからなければ、おまえは神の子として、神の国へ行ける。おれに感謝したっていいくらいじゃないか」

その言葉に、怒《おこ》るふりをしていたイレシュの、本当の怒りに火がつきました。

「感謝？　冗談《じょうだん》でしょ。こんな力を持ってるのは人間じゃない。あたしを人間に戻《もど》してよ」

「人間のなにがいいんだ？　もうすぐ人の世は滅《ほろ》ぶ。もう、この地上に力の強い神はシカマ・カムイ以外ほとんどいないんだ。おまえを連れてオキクルミさまが永久《えいきゅう》に去れば、ほかの神々もみな、カムイ・ミンタラに帰るだろう。そして神々がいなくなれば、魔物《まもの》たちが支配《しはい》する世になる。そんな見捨《みす》てられた世界に、おまえを置いていけるか！」

その剣幕《けんまく》に、イレシュは一瞬《いっしゅん》ひるみましたが、

「どうぞ、遠慮《えんりょ》なく置いていってよ。あたしは残るから、チポロといっしょに」

と、言い返しました。今度はヤイレスーホが、ややひるんだように言いました。

「なぜだ？　なぜなんだ？」

「オキクルミさまやあなたの行く世界は、きっと美しい。平和で、すばらしいでしょうね。だけど、きっと後悔《こうかい》するわ。一人で行ったら……」

「一人じゃない」

ヤイレスーホは首をふりました。

「すばらしい神々がいる世界の仲間に迎《むか》えられるんだぞ？」

「嘘《うそ》をついてまで行きたくないわ。それにその世界にあたしの好きな人はだれもいない。それって一人と同じことだわ」

イレシュの言葉に、なぜか打ちのめされたようにヤイレスーホは黙《だま》り込《こ》みました。そして、

「好きな奴《やつ》がいない世界は、一人と同じだと？」

と、たずねました。

「そうよ」

「ならおれは……ずっと一人だ」

部屋を出るヤイレスーホのうしろ姿《すがた》を見たイレシュは、急に落ち着かなくなりました。まるで夜の中で、飢《う》えと寒さに泣いている子どもを見つけた時のようです。その子が無事に暖《あたた》かい家で、なにかを口にして眠《ねむ》るのを見届《みとど》けるまで自分も眠れないような胸苦《むなぐる》しさがして、これはなんだろうと考えると、自分はヤイレスーホを傷《きず》つけたことが気になっているのだと思いました。

（気にしないわ。相手は人間じゃないんだから）

そう思おうとしても、イレシュの気は晴れませんでした。

（ヤイレスーホって、親やきょうだいや、似《に》た仲間はいないのかしら？）

同じ種類の仲間はいても、その中で自分一人が違《ちが》う外見と、違う感情《かんじょう》を持っているというのは、どういう気持ちなんだろう、とイレシュは思いました。

（あの人、どこかで見たような気がする……。でも、あんな目の男の子に会ったら、忘《わす》れるはず

ないのに)

考えてもわからず、考えたくないことを考えさせられていることが嫌《いや》になって、イレシュは、どん、と扉《とびら》に拳《こぶし》をぶつけました。

(ああ、外に出たい!)

イレシュは、はっとしました。扉が動いたのです。どうやらイレシュの言葉に動揺《どうよう》したヤイレスーホが、鍵《かぎ》をかけ忘れていったようです。

イレシュはごくりとつばを飲《の》み込《こ》み、首だけ廊下《ろうか》に出して、だれもいないのをたしかめると、そっと部屋を出ました。

魔物《まもの》たちは夜目がきくのか、地下の暗い廊下に明《あか》りはありません。夜のように暗い廊下を、手《て》探《さぐ》りで歩いてゆくと、上に向かう階段《かいだん》がありました。階段の上部からはほんのりと光が射《さ》し、かすかに冷たい風が吹《ふ》いてくるような気がします。地上への階段だ、とイレシュは直感しました。

幸いなことに、階段には魔物たちが一匹《ぴき》もいません。

イレシュは深呼吸《しんこきゅう》し、そっと階段を上り始めました。

岬《みさき》に着いたチポロは、自分の思っていた以上にひどい光景を目の前に、立《た》ち尽《つ》くしていました。

「遅《おそ》かった……！」

それは一方的に襲《おそ》われたチポロの村に比《くら》べれば、何倍もの人数で、人間の方から挑《いど》んだ戦《いくさ》でした。だからチポロは、もう少し人間が、魔物《まもの》たちと対等に戦っているだろうと思っていたのです。しかし空に浮《う》かんだシンターからは、火矢が降《ふ》りそそぎ、変幻自在《へんげんじざい》な魔物たちは、人々の体に張《は》りつき、爪《つめ》や牙《きば》で切《き》り裂《さ》き、海の中に突《つ》き落《お》としています。

岬《みさき》の上には、たくさんのけが人が倒《たお》れていました。血まみれの男の人のそばに、母親や姉妹《しまい》や子どもたちがすがりつき、その名を呼《よ》んで泣《な》き叫《さけ》んでいます。

「みんな逃《に》げろ！　逃げるんだー！」

チポロは叫びました。しかし、人々はチポロの声より、岬の真ん中あたりで、

「ひるむなー！」

「行けー！」

と叫んでいる兄弟の方に、引《ひ》き寄《よ》せられていました。

「宝《たから》は俺《おれ》たちのものだー！」

そう叫ぶ兄の手には、大粒《おおつぶ》の宝石《ほうせき》のようなものがにぎられています。

（あれが宝石か）

遠目にも光る、みごとな宝玉です。あんなものが地面に落ちていたとは、チポロには信じられ

ませんでした。なぜならチポロは昨日《きのう》、竜巻《たつまき》が去ったあと、触《ふ》れられなかったイレシュの、せめて落としていったものでもないかと、地面を探《さが》したからです。あんな目立つものが落ちていたら、気づかないはずはありません。

兄弟は、多少の矢《や》が当たっても大丈夫《だいじょうぶ》なように、革《かわ》や鎖《くさり》で作った衣《ころも》を着て、大きな剣《けん》を持っています。その周りの数十人も、人々の中ではいい武器《ぶき》を持ってふり回していました。

しかし、いくら重装備《じゅうそうび》で立派《りっぱ》な剣を抱《かか》えていても、空から降《ふ》ってくる火矢にはかないません。まして兄弟たちのように、体をおおうものもない人々は、大やけどを負っていました。

チポロは兄弟たちに近づきながら、自分の弓に矢をつがえ、シンターに向かって放ちました。矢はみごとにシンターの魔物《まもの》に当たり、魔物は黒い血を吹《ふ》きながら落ちていきました。それを見た兄の方が、

「おお、やるじゃないか。よそ者」

と、嬉《うれ》しそうに肩《かた》に手をかけました。チポロはその手をふり払《はら》い、

「いいから退却《たいきゃく》しろ!」

と怒鳴《どな》りつけました。嫌《いや》な人間にさわられるというのは、魔物にさわられるよりもぞっとするものだと思いました。しかし、兄はチポロの言うことなど無視《むし》し、

「おまえ、見かけによらずいい腕《うで》だな。俺《おれ》が行くのを援護《えんご》しろ。わかったな」

と、砦《とりで》に向かって走り出しました。

「知るか！」

舌《した》を出したチポロは、走ってゆく兄が、なにか落としたのに気づきました。

「ん？」

それはあの宝石《ほうせき》でした。チポロが拾って、

「おい、落とした……！」

と言いかけたとたん、火矢と魔物《まもの》が空から降《ふ》ってきました。

「うわっ！」

チポロは慌《あわ》てて体をかがめ、素早《すばや》く宝石を胸元《むなもと》に入れ、弓をかまえました。チポロが魔物に矢を射《い》ると、魔物は叫《さけ》び声《ごえ》を上げ、無数の黒い虫になって飛び散りました。チポロはそのまま、港の人々の上に浮《う》かぶシンターに向かって次々と矢を射ました。

しかし、射ても射ても、シンターの数はおびただしく、キリがありません。チポロは絶望的《ぜつぼうてき》な気持ちになりました。

（このままじゃ、ここの人たちがみんな死んでしまう！）

そう思った時、海の方から魔物たちの断末魔《だんまつま》の叫《さけ》び声《ごえ》と、人々の歓喜《かんき》の声が聞こえました。波間に黒と白の大きな体が見えます。

「レプン・カムイ！」

チポロは気づきました。レプン・カムイは波の間から大きく浮《う》かび上《あ》がると、魔物《まもの》たちの乗ったシンターを鋭《するど》い牙《きば》でばきばきとかみ砕《くだ》いていました。

「うわああ！」

かみ砕かれたシンターは、たちまち無数の木屑《きくず》となって、波に呑《の》まれてゆきました。

「ありがとう、レプン・カムイ！」

ヴオオオオと鳴き声を上げて、黒い背《せ》びれは海の中に消えてゆきました。

ほっとして、砦《とりで》の方に走り出したのもつかの間、目の前に赤い影《かげ》のようなものが立ちはだかりました。

「おまえは……」

「また会ったな、小僧《こぞう》」

「会いたくなかったけどな」

そう言いながら、チポロは素早《すばや》くうしろに飛び退《と》き、矢をかまえました。背の高い相手の、腕《うで》が届《とど》く範囲《はんい》にいたら、たちまち捕《つか》まえられると思ったからです。

（一発で仕留《しと》めなきゃ！）

チポロは渾身《こんしん》の力を込《こ》めて、魔物の頭に向かって矢を射《い》ました。しかし、それはあっさりと太い腕《うで》で払《はら》われてしまいました。

（しまった……！　村の時は、不意打ちだったから当たったのか）

赤銅色《しゃくどういろ》の魔物《まもの》は、不気味な笑《え》みを浮《う》かべ、一歩一歩、チポロに近づいてきます。チポロはプクサにもらった小刀を抜《ぬ》きましたが、とてもそれが役に立つ相手とは思えませんでした。

（こいつとまともにやりあっても負ける）

その時、チポロの頭に一つの考えが浮かびました。チポロは、懐《ふところ》からさっきの宝石《ほうせき》を取り出すと、思いきり大声で叫《さけ》びました。

「あー！　なんだこれはー！」

ふり向《む》いた周りの人々に、チポロはわざとらしく大きな宝石をかざして見せ、魔物を指さしました。

「あいつの体を切ったら、こんなものが出てきたぞ！」

「ええっ！」

チポロがさし出した宝石を見て、人々の目が輝《かがや》きました。無数の魔物たちとの戦いで傷《きず》つき、疲《つか》れ果《は》てていた人々に、再《ふたた》び活気が戻《もど》りました。

「あいつだ、あの赤い魔物だ！」

チポロが指さすと、人々はそれまで戦っていたほかの魔物を離《はな》れ、赤銅色の魔物に向かって走り出しました。

「小僧《こぞう》、待て！」

こっそり逃《に》げ出《だ》したチポロに魔物の声が追ってきましたが、チポロは、

「やだよ！」

と叫《さけ》び、宝石《ほうせき》を魔物めがけて放り投げました。

「あっ！」

宝石は人々の頭上を越《こ》え、魔物の大きく開けた口の中に入りました。わっという歓声《かんせい》が上がり、人々のふりかざした剣《けん》や工具や農具が赤銅色の魔物の体に、雨のように突《つ》き刺《さ》さってゆきました。

魔物のすさまじい咆哮《ほうこう》を聞きながら、チポロはふり返りもせず、砦《とりで》に向かって走りました。

（これで、一番やっかいな奴《やつ》は片付《かたづ》けたぞ！）

ほっとしたチポロは、砦へと岬《みさき》をひた走りました。レプン・カムイが起こす波しぶきと火矢で燃《も》える船の煙《けむり》で、あたりにはこげくさい霧《きり》がかかったようでした。その霧のような煙の中に、行く手を遮《さえぎ》って立つ人影《ひとかげ》が目に入りました。

「おまえ、姑息《こそく》な手を使うな」

と言う少年は、一見人間のようでいて、明らかに異質《いしつ》な空気を漂《ただよ》わせていました。

「だれだ？」

弓に手をかけたチポロは、自分を見つめる金と銀の目に気づきました。

（この目、マヒトが夢《ゆめ》に見た男と同じだ！）

そう思ったのもつかの間、突然《とつぜん》前方から吹《ふ》き飛《と》ばされそうな大きな風が吹き、チポロはしたたか地面に体を打ちつけました。

「うわ……っ！」

目を開くと、突風で煙《けむり》が吹き消され、はっきりと見える空には、砦《とりで》の頂上《ちょうじょう》から飛んでくる、黒い影《かげ》が見えました。

「なんだ、あれ？」

それは鷹《たか》よりも鷲《わし》よりもはるかに大きく、翼《つばさ》の端《はし》から端まで一軒《けん》の家ほどもある怪鳥《かいちょう》でした。その黒い翼がはためくだけで大波が起こり、岬《みさき》の上にいる人々は吹き飛ばされ、次々と海に落ちてゆきました。空高く飛ぶ鳥にはレプン・カムイも届《とど》かず、いくら人々が矢を射《い》ても、綿毛《わたげ》のようにはね返されてしまいます。

チポロもまた、吹き飛ばされないように地面に伏《ふ》せるので精一杯《せいいっぱい》でした。砦まで、走っていけばもうすぐの距離《きょり》だというのに、一歩も進めないどころか、立ち上がることすらできません。そして頭をかばう腕《うで》の間から見ると、さっきまで目の前にいた、あの少年の姿《すがた》は消えていました。

（くっそー。あいつ、どこ行った？）

悔《くや》しがるチポロの耳もとに、

「チポロ！」

と、呼《よ》びかける声がしました。そして、強い風の中でもはっきりとした羽根のはばたきが聞こえ、肩《かた》には小さいけれど確かな重みを感じたのです。

（まさか？）

ひたいをコツコツと突《つつ》く、懐かしい痛《いた》みに、チポロは顔を上げました。

「ミソサザイの神さま！　戻《もど》ってきてくれたのか？」

「ああ。しかし、フリューか。やっかいなのが出てきたな」

「フリュー？」

「もともと並外《なみはず》れて大きな鳥だったのが、どうしてか荒《あ》れ始《はじ》めちまったんだ。ああなると、空に敵《てき》なしだな」

空どころか地上にも、フリューの敵はいないようでした。

「でも……ここで止まるわけには、いかない……」

チポロはフリューが自分から離《はな》れた場所に行ったのを見て、立ち上がりました。そのすきに砦《とりで》まで走るつもりだったのです。

「無理だ、チポロ！」

ミソサザイの神の声が聞こえました。と同時に、チポロはたちまち、戻《もど》ってきたフリューの起こす突風《とっぷう》に吹き飛《ふと》ばされてしまいました。

「うわああっ！」

うしろに飛ばされたチポロを、どんと受け止めた手がありました。力強く、どっしりとして揺《ゆ》るぎない手でした。

「あなたは……」

チポロは目を疑《うたが》いました。そこにはシカマ・カムイが笑っていたからです。そしてその傍《かたわ》らには、あの五人の家来たちが立っている姿《すがた》が見えました。

「俺《おれ》が呼《よ》んできたんだよ！」

ミソサザイの神が、ばさばさと得意そうに言いました。カムイたちはあの旅の粗末《そまつ》な装束《しょうぞく》ではなく、立派《りっぱ》な戦支度《いくさじたく》をしています。そして、シカマ・カムイが腰《こし》から引《ひ》き抜《ぬ》いた太刀《たち》をひと振《ふ》りすると、まばゆい朝日のような光があふれ、シンターは見えない波に当たったように、揺《ゆ》れて互《たが》いにぶつかりながら落ちてゆきました。

（やった……やったぞー！）

チポロはそう思いましたが、シカマ・カムイの光も、空高い場所を移動《いどう》するフリューには届《とど》きません。

「おれにまかせろ！」

レプニの放った矢が、かろうじて羽根のはじに当たりましたが、それがかえって怒《いか》りに火をつけたのか、フリューは地上すれすれに降《お》りてきて、大きな鉄のはさみのようなくちばしで、レプニの弓矢をかみ砕《くだ》いてゆきました。

「うわーっ！」

「レプニ！」

チポロは倒《たお》れたレプニに駆《か》け寄《よ》りました。チポロは、だらんと垂《た》れ下《さ》がった右腕《みぎうで》を見て、くちばしに砕かれたのが、弓矢だけではないことがわかりました。

「肩《かた》を……やられた……」

レプニがチポロに言いました。

「チポロ。おまえの矢を。あれもまた、荒《あ》れる魂《たましい》だ」

「俺《おれ》が……？」

「そうだ。おまえならできる。早くしろ！」

「うん！」

矢筒《やづつ》をさぐったチポロは、父が作った矢の最後の一本をつかみ出しました。もう、あとはありません。チポロは動き回るフリューに向かって弓をかまえました。ゆうゆうとしたフリューの動きは猿《さる》のように素早《すばや》くはありません。一見、狙《ねら》いは定めやすそうに思えましたが、翼《つばさ》の作る風で吹《ふ》き飛《と》ばされそうになり、足をふんばるのがやっとでした。

(父さん、力を貸《か》して!)

そう心の中で叫《さけ》んだ時、揺《ゆ》れていた体が安定しました。レプニが上体だけ起こし、その背中《せなか》でチポロの体を支《ささ》えてくれているのです。

「今だ!」

ぴったりとフリューに向かったチポロの矢に、見えないなにかが巻《ま》きついたのがわかりました。チポロは渾身《こんしん》の力を込《こ》めて、矢を射《い》ました。矢は天に向かい、フリューは糸が切れた凧《たこ》のように海に落ちてゆきました。

「やったぞ!」

レプニがチポロの背中を叩《たた》きました。それはとても、けがをした人間の力とは思えませんでした。

その時、白い光とともに空が割《わ》れるような轟音《ごうおん》がひびきました。音にはじかれるように転がったチポロを、シカマ・カムイは助け起こしました。

「……雷《かみなり》?」

チポロが呟《つぶや》くと、シカマ・カムイがうなずきました。

「ああ。彼《かれ》だ」

シカマ・カムイは家来たちに言いました。

「ここはおまえたちとレプン・カムイにまかせた。わたしはこの子といっしょに、オキクルミに話をつけてくる。人間のしたことは、ほめられたものではないが、いくら人間が嫌《きら》いだからといって、魔物《まもの》たちをこんなに放っておくとは」

家来たちがうなずくと、あっけにとられているチポロの肩《かた》を抱《だ》き、シカマ・カムイが言いました。

「行くぞ。チポロ」

「俺《おれ》も、いいんですか？」

「捜《さが》している娘《むすめ》があそこにいるのだろう？」

「はい！」

カムイにそう言われて、チポロは疲《つか》れも吹《ふ》き飛《と》びました。

（待ってろよ。イレシュ！）

チポロは、シカマ・カムイとともに走り出しました。

十五、地下の対決

そのころ砦《とりで》の中の、昨日までイレシュがいた部屋では、ヤイレスーホが主《あるじ》にひれ伏《ふ》していました。

「三年ぶりだな。ヤイレスーホ。愚《おろ》かなわが妹の子は見つかったか？」

ヤイレスーホは深呼吸《しんこきゅう》し、「はい」と答えました。地上で育てられ、「人間《にんげん》くさい神」とも言われたオキクルミの姿《すがた》は、一見ただの老人でしたが、ヤイレスーホは一度も「人間くさい」などと思ったことはなく、常《つね》に恐怖《きょうふ》に近い尊敬《そんけい》を感じていました。

「オキクルミさま。今は地上が騒《さわ》がしいゆえ、地下におります」

オキクルミは満足そうに、忠実《ちゅうじつ》な僕《しもべ》を見下ろしました。

「よくやった。褒美《ほうび》に約束どおり、おまえを永遠《えいえん》に望みの姿《すがた》に留《とど》めてやろう。やはり、人の姿がいいのか？」

「はい。どうか、この姿のままに、お願いいたします」

オキクルミは複雑《ふくざつ》な笑いを浮《う》かべると、「では、子どもを連れてこい」と言いました。

「地上で育ったゆえに、天上の国になじむのは時間がかかるだろう。おまえが人の姿《すがた》でそばにいれば、気がまぎれるかもしれん」

「ありがとうございます」

今度はヤイレスーホが複雑な笑《え》みを浮かべました。

(本当に気がまぎれるだろうか？　そして、なじむことができるのだろうか？)

だが、もう後戻《あともど》りすることはできない——ヤイレスーホは思いました。

「では、ただ今迎《むか》えに……」

ヤイレスーホがそう言いかけた時、窓《まど》から羽根の破《やぶ》れたコウモリのような一匹《ぴき》の魔物《まもの》が、ばさばさと部屋の中に飛《と》び込《こ》んできました。

「無礼な。オキクルミさまの前だぞ」

と言うヤイレスーホに、魔物は、

「シカマ・カムイが……ここに向かってきます」

と言うなりはじけ飛びました。あっという間に部屋中を飛《と》び交《か》う無数の虫になった魔物を、オキクルミはひと息で吹《ふ》き飛《と》ばし、こう言いました。

「やれやれ。いまだに人間たちをあきらめないとは。シカマ・カムイもどこまで楽天家なのか。

いいだろう。ここで彼《かれ》に会ってから、我々《われわれ》は、この汚《けが》れた世界に別れを告げよう」

砦《とりで》の中に入ったシカマ・カムイは、チポロに言いました。

「彼はおそらく上の部屋だ。おまえの友が囚《とら》われているなら地下《ちか》だろう。行きなさい。また、あとで会おう」

「はい！」

チポロは地下へ行く石の階段《かいだん》を手探《てさぐ》りで下りてゆきました。

「イレシュ！」

チポロは闇《やみ》に向かって叫《さけ》びました。

「イレシュ！」


「チポロ？」

地下から地上に向かっていたイレシュは、自分の耳を疑《うたが》いました。その声は太陽のように明るく、力強いものでした。何度も地下にひびく声に、イレシュは答えました。

「チポロ！　ここよ！」

「イレシュ！」

階段《かいだん》を下りてくる足音がしました。イレシュも階段を上っていくと、少しずつ視界《しかい》が明るくなってきます。そして、海の匂《にお》いの風といっしょに現《あらわ》れたのは、まぎれもなくチポロでした。

「チポロ……」

「イレシュ！」

自分が変わったことを知っても、危険《きけん》を冒《おか》して来てくれたのだと思うと、たまらなく嬉《うれ》しくなりましたが、イレシュは手を伸《の》ばすチポロに言いました。

「あたしにさわらないで。さわったら……」

ああ、まだ呪《のろ》いは解《と》けてないのか、とチポロは少しがっくりしましたが、

「わかってる。今は、さわらない」

と、きっぱり言いました。

「ありがとう。チポロ」

「さ、村に帰ろう」

うなずきかけたイレシュは、闇《やみ》の中を見て固まりました。イレシュの視線《しせん》を追ってチポロが闇の中に目をこらすと、色の違《ちが》う小さな二つの光が見えます。そこには、魔物《まもの》たちを従《したが》えた、あの金と銀の目を持った少年が立っていました。

「ヤイレスーホ……」

イレシュが呟《つぶや》きました。

「やっぱり、おまえがヤイレスーホか」

そう言って自分を睨《にら》みつけるチポロを、ヤイレスーホは興味深《きょうみぶか》そうに見つめました。

「フリューを倒《たお》した弓の腕《うで》は、なかなかみごとだったな。あの〈魂送《たまおく》りの矢〉を、どこで手に入れた？」

「あれは、父さんの形見だ」

「父親の？　馬鹿《ばか》な。人間が〈魂送りの矢〉を作れるはずがない」

「嘘《うそ》じゃな……」

チポロの言葉が終わらぬうちに、ヤイレスーホは魔物《まもの》たちに命じました。

「かかれ！」

たちまち無数の魔物たちがチポロに襲《おそ》いかかってきました。小刀を抜《ぬ》く間もなく、チポロは石の床《ゆか》に押《お》し倒《たお》され、鋭《するど》い爪《つめ》で引っかかれ、くちばしで顔や頭を突《つつ》かれました。

「うわああっ！」

「チポロ！」

ふいに体から魔物たちが離《はな》れましたが、チポロは何が起こったのかわかりませんでした。魔物たちがチポロの顔を傷《きず》つけた時に、まぶたが切れて目に血が入っていたからです。その血をぬぐいながら起き上がると、赤みがかった視界《しかい》に、自分をかばうように立つイレシュのうしろ姿《すがた》と、枯《か》れ木《き》のように転がる凍《こお》った魔物《まもの》たちが見えました。

「すごい……」

チポロは思わず呟《つぶや》きました。イレシュは黙《だま》ってふり向きました。昔なら手をさし伸《の》べて、起き上がるのを助けてくれたでしょう。でも、今はできないのです。

「ね、わかったでしょ？」

イレシュが悲しげな声で言いました。そしてヤイレスーホを睨《にら》みつけました。イレシュにはわかっていました。魔物たちをさし向けたのは、チポロを殺すためではなく、こうして自分の力をチポロに見せるためだったのです。

「うん。わかったよ」

チポロはすっくと立ち上がり、イレシュに言いました。

「じゃ、帰ろう。イレシュ」

イレシュは驚《おどろ》いてふり返りました。思ってもみない言葉でした。その驚きは、ヤイレスーホも同じでした。

「本気か？　おまえ、この娘《むすめ》を連れて本当に帰るつもりか？　この娘が前と同じように、人間と暮《く》らしていけると思うか？」

「思うよ」

チポロは言いました。

「イレシュはなにも変わってないから」

ヤイレスーホは大声で笑い出しました。

「そう思うのはおまえだけだ！」

「ああ、そうだよ」

チポロはきっぱりと言いました。

「ほかのヤツがなんと思おうと、俺《おれ》はどんなイレシュでもいい。魔女《まじょ》でも魔物でもなんでもいい。呪《のろ》われたイレシュでいいんだ」

最後のひと言は、ヤイレスーホではなくイレシュに向かって告げたものでした。

「チポロ……」

イレシュは、チポロを見つめました。

「行こうイレシュ。シカマ・カムイもいる」

「シカマ・カムイも？」

「ああ。オキクルミに話をつけてくれるってさ。こんな馬鹿《ばか》げた戦い、もう終わりだよ」

チポロとイレシュは、いっしょに階段《かいだん》を上り始めました。

しばらく茫然《ぼうぜん》と二人を見つめていたヤイレスーホも、舌打《したう》ちしながらあとを追いました。チポロはヤイレスーホに向き直ると、イレシュに「先に行って」と告げ、自分は階段《かいだん》の真ん中で追っ手の前に立ちふさがりました。

「おまえが、イレシュに呪《のろ》いをかけたんだな？」

「呪いとは人聞きの悪い。助けてやったんだ」

「……おまえが死ねば、呪いは解《と》けるって本当か？」

「そうだと言ったら？」

「殺す」

「やってみろ」

チポロはプクサからもらった小刀を抜《ぬ》き、ヤイレスーホに向かってふり下ろしました。しかし、ヤイレスーホは軽々とそれをかわし、

「弓ほどは、使《つか》い慣《な》れてないようだな」

と言って、自分もまた腰《こし》につけた刀を抜きました。

（ばれたか）

とチポロは思いました。それを悟《さと》られる前に勢《いきお》いで勝負をつけたかったのに、そうはうまくいかないようです。二人ははげしく打ちあいました。ぶつかりあう互《たが》いの刃《やいば》から火花が散り、狭《せま》い地

下の通路の中で、岩壁《いわかべ》に体を打ちつけながら、渾身《こんしん》の力を込《こ》めて二人は戦いました。

「おまえ……」

チポロは、ぜいぜいと肩《かた》で息をしながら言いました。

「おまえだって、人のこと言えないだろ」

ヤイレスーホはなにも言い返しませんでしたが、チポロは相手もまた、そう大した使い手ではないことがわかりました。シカマ・カムイの家来に比《くら》べれば、その動きも鋭《するど》さもなにもかも劣《おと》っていたからです。おそらく、ふだんは魔物《まもの》たちに命令するばかりで、自分で戦うことなどめったにないのでしょう。

（勝てない相手じゃない！）

チポロは呼吸《こきゅう》を整え、小刀を正面にかまえました。ヤイレスーホもまた、金銀の目を光らせ、チポロを睨《にら》んでいます。

（この目、やっぱり……？）

チポロは一瞬《いっしゅん》出遅《でおく》れました。再《ふたた》び打ち合いになった時、ヤイレスーホの刀はチポロを激《はげ》しく攻《せ》め、こらえきれなくなったチポロの手から小刀が落ち、チポロは尻餅《しりもち》をつきました。

「終わりだな」

切っ先をチポロに向けたヤイレスーホが、余裕《よゆう》の笑《え》みを見せました。チポロは後退《あとずさ》りし、床《ゆか》に転がしておいた弓を手にとりました。

「ふん。矢もないのに、どうする気だ？」

「こうするんだよ！」

チポロは立ち上がり、破《やぶ》れかぶれに弓をふり回しました。ヤイレスーホはチポロのむちゃくちゃな動きを冷静に避《さ》けましたが、弓の先端《せんたん》がほんの少しヤイレスーホの目をかすりました。

「つっ！」

チポロはそれを見逃《みのが》しませんでした。すかさず弓をヤイレスーホの手に叩《たた》きつけ、刀を落としたヤイレスーホの喉《のど》に押《お》しつけました。そのまま二人は床《ゆか》に倒《たお》れ、あおむけになったヤイレスーホは、両手で弓を押し返そうとしましたが、上から体重をかけることのできるチポロの方が、明らかに有利でした。

「う……」

そのまま弓を動かさないチポロに、ヤイレスーホは苦しげにたずねました。

「なぜ……殺さない？」

「イレシュが、『殺すな』と言った」

「……じゃあ、ずっと、あの……ままだぞ……」

そのひと言で、チポロの中で一瞬《いっしゅん》抑《おさ》えきれない怒《いか》りがわき上がり、弓に力がこもりました。

ヤイレスーホの喉《のど》に弓がくい込《こ》み、それを押《お》し返《かえ》そうとしていた両手がだらりと垂《た》れ下《さ》がった時、チポロは、はっとして弓を下ろしました。体を蛇《へび》のように折り曲げ、咳《せ》き込《こ》むヤイレスーホにチポロは言いました。

「おまえが死ぬのを、二人で待つよ。十年でも、百年でも」

ヤイレスーホは咳き込みながら、

「できるものか」

と呟《つぶや》きましたが、

「できるさ」

とチポロは言い返し、階段《かいだん》を上り出しました。

「人間なめんなよ」

チポロがそう呟いた時でした。急にうしろから突風《とっぷう》が吹《ふ》きつけたかと思うと、チポロの体は岩の壁《かべ》に叩《たた》きつけられ、階段に崩《くず》れ落《お》ちました。ひたいや鼻の頭から足の先まで、あらゆる場所に痛《いた》みを感じながら、チポロは思い出しました。

(そうだった……こいつ、竜巻《たつまき》とか起こせる奴《やつ》だった……)

ようやく顔を上げると、上から見下ろすヤイレスーホの勝《か》ち誇《ほこ》った顔が見えました。

「魔物《まもの》……」

「そうだ」

ヤイレスーホが笑いました。

「魔物《まもの》をなめるなよ」

十六、選択《せんたく》

うしろから近づく足音にふり返ったイレシュは、

「チポ……」

と言いかけて、息を呑《の》みました。階段《かいだん》の下から歩いてくるのは、あの金と銀の目の持ち主だったからです。

「奴《やつ》じゃなくて残念だったな」

「チポロは？」

「死んではいない。だが、たぶんひと月《つき》くらいは動けん」

ヤイレスーホは、階段を駆《か》け下《お》りようとするイレシュの手をつかみました。

「離《はな》して！　オキクルミさまに、本当のことを言うわよ。あたしが偽者《にせもの》だって」

「そして、あの死にぞこないが本物だったと告げるのか？」

イレシュは息を呑み、ヤイレスーホの顔を見つめました。

「いったい、いつから？」

「ついさっきだ。ミソサザイの神にシャチの神、シカマ・カムイ……。なぜ神々が、あのただの小僧《こぞう》の世話を焼くのか不思議だった。そして、〈魂送《たまおく》りの矢〉を射《い》る姿《すがた》を見て確信《かくしん》した。あいつこそ、おれが捜《さが》し、おまえがかばっていた子どもだったんだと」

「……そうよ」

これで身代わりの自分の役目は終わりだ、とイレシュは思いました。そう思うと、すっかり力が抜《ぬ》けて、その場に座《すわ》り込《こ》みました。しかし、そのイレシュの手をぐいっとつかみ、ヤイレスーホは言いました。

「行くぞ」

イレシュは驚《おどろ》いて、ヤイレスーホの顔を見ました。

「どうして？　もう、あたしは関係ないでしょ？」

「神の子は、おまえでいい。おまえを連れていく」

「なに勝手に決めてるの！　それじゃ、チポロはどうなるの？」

「それじゃ、おまえは、あいつをどうしたいんだ？」

ヤイレスーホは、イレシュの手をつかんだまま壁《かべ》に追《お》い詰《つ》め、こう聞きました。

「ずっと、おれが捜していた時は隠《かく》していたくせに、なぜ今になって、神の子として扱《あつか》えと言うんだ？」

「あたしが……間違《まちが》っていたからよ。三年前は、チポロは小さくていじけた子だった。だから、こんな所に一人で連れてこられるのは耐《た》えられないだろうって、あたしが勝手に思《おも》い込《こ》んでた」

イレシュはずっと、母親に「チポロはかわいそうな子だから」と言われ、疑《うたが》うことなくそう信じていました。母親やそのきょうだいが、昔の火事でチポロの父親に助けられたという恩《おん》もあり、自分がチポロの世話を焼くのは当たり前だと思っていました。けれど、その優《やさ》しさは、いつしか憐《あわ》れみとなり、相手が望むことも聞かないで、「きっとこうだろう」と決めつけることになってもいたのです。

「でも、もうチポロは強くなった。自分で自分のことを決められる大人になった。それをだれも邪魔《じゃま》しちゃいけないのよ。あたしも、あなたも！」

「……大した思いやりだな」

ヤイレスーホの手から力が抜《ぬ》け、イレシュは納得《なっとく》したのだと思いました。

「それであいつが、おまえを捨《す》てて『神の国に行く』と言ったらどうする？　おまえが魔物に喰《く》われても、荒《あ》れた世界で老いさらばえても、『どうでもいい』と言ったら？」

「……それでもいいわ」

「よくないだろ」

ヤイレスーホの右手が、すっとイレシュの眉間《みけん》に触《ふ》れました。そのとたん、イレシュは気を失い、ヤイレスーホの腕《うで》の中に倒《たお》れ込《こ》みました。

「自分でどうしたいか決める？　決められるから決めさせるだと？」

ヤイレスーホは、イレシュを抱《だ》き上《あ》げ、階段《かいだん》を上り始めました。

「そんなことを人間に許《ゆる》していたから、この世界は荒《あ》れ果《は》てたんだ。神々に見捨《みす》てられたんだ」

そのころ、イレシュが三年間捕《と》らえられていた部屋では、二人の神が対峙《たいじ》していました。

「では、やはり今度、天上に行ったら、もう戻《もど》られることはないのですか？」

シカマ・カムイの問いに、オキクルミはうなずきました。

「久《ひさ》しぶりに来てみれば、また欲《よく》にかられた人間たちの醜《みにく》い争いを見るはめになった。それに、捜《さが》させていたものは見つかった。もはやこの砦《とりで》も必要ない。すべて消していこう」

「――この絵も消してしまうのですか？」

オキクルミはちらりと自分の描《えが》いた絵を見て、「そうだ」と言いました。

「みごとな絵だ。消すには惜《お》しい」

シカマ・カムイは壁《かべ》に描かれた絵を見つめました。

それはもともと囲炉裏《いろり》の灰《はい》に、戯《たわむ》れに描《えが》かれた絵でしたが、魔力《まりょく》によって壁《かべ》に移《うつ》され、色がつけられました。灰に火かき棒《ぼう》で描かれたことによる凹凸《おうとつ》が、さらに陰影《いんえい》を深め、それは地上のだれも見たことのない技法《ぎほう》で創《つく》り出《だ》された絵となっていました。

（ああ、この地上の命たちの、なんとみずみずしく輝《かがや》いていることだろう！）

シカマ・カムイは感嘆《かんたん》しました。山や川や海の美しさはもちろんですが、鳥も獣《けもの》も生き生きとし、人々の顔も優《やさ》しく明るく、険《けわ》しさや暗さはありません。この世界のすべての者たちが、すべての季節に祝福されていました。

（これが、オキクルミが妹神のために描いた絵か……）

オキクルミに大変仲のよい妹神がいたことは、シカマ・カムイも知っていました。輝《かがや》くように美しい柳《やなぎ》の木の神で、人間の狼藉《ろうぜき》に怒《いか》るほかの神々が地上を去り始めても、「人の心がすさんでいるのは、飢饉《ききん》のせいだ」と言い続けました。

そして食べ物を飢《う》えた人々のもとに運びました。決して姿《すがた》は見せず、家の戸口から手だけをさし入れ、人々はだれとも知れぬ「優しい手」に感謝《かんしゃ》しました。しかし、ある男が手を引いて顔を見ようとしました。それを天上から見ていたオキクルミは、男の家を焼《や》き払《はら》ったのです。

オキクルミは助け出した妹神を、このノカピラの砦《とりで》に連れてきましたが、妹神は人間たちを懐《なつ》かしんで泣《な》き暮《く》らしました。

「裏切《うらぎ》られたことを嘆《なげ》くならまだしも、なぜあんな目にあってまで、おまえは変わらないのだ」

あきれつつ、オキクルミは妹のために地上に暮《く》らす人々の絵を描《えが》いてやりました。しかし、灰《はい》の絵を見た妹の、「これは絵です。灰ですもの、いつかは崩《くず》れて消えてしまう」という言葉にオキクルミは激怒《げきど》し、雷《かみなり》とともに妹神を一人で地上に残したのです。

地上に落とされた妹神は、人間との間に子どもをつくったらしいという噂《うわさ》を、シカマ・カムイは聞いていました。

「それでススハム・コタンから、妹神の忘《わす》れ形見《がたみ》を連れてきたのですね。しかし、いくら人間嫌《にんげんぎら》いだからといって、魔物《まもの》を使うとは……」

「もはや魔物の方が、人間よりましだ」

「………」

万物《ばんぶつ》への感謝《かんしゃ》を忘れた人間を嫌う神はたくさんいましたが、オキクルミの場合は妹神の一件《いっけん》があるので、その憎悪《ぞうお》はほかの神々より大きく深いものでした。

（かつてはオキクルミも、妹神と同じように、人間を好きだったはずなのに）

その時、部屋の扉《とびら》が開きました。

「遅《おそ》かったな。ヤイレスーホ」

「申《もう》し訳《わけ》ありません」

目を閉《と》じたイレシュを抱《だ》きかかえたヤイレスーホが、部屋に入ってきました。

「この娘《むすめ》です。オキクルミさま」

ヤイレスーホは、柔《やわ》らかい毛皮のしかれた床《ゆか》に、イレシュをそっと寝《ね》かせました。

「この娘は……！」

と呟《つぶや》くシカマ・カムイに、オキクルミがたずねました。

「知っているのか？」

「わたしがススハム・コタンを訪《おとず》れた時に会いました。賢《かしこ》い娘です」

「そうか……」

オキクルミは目を閉《と》じたイレシュの顔を、妹の面影《おもかげ》を探《さが》すように、じっと見つめました。シカマ・カムイは、

「ヤイレスーホといったな。この娘を捜《さが》していた少年には会わなかったか？」

と、たずねましたが、ヤイレスーホは、

「申《もう》し訳《わけ》ありませんが、そういう者は……」

と首をふりました。しかし、

「会ってるだろ」

という声にみながふり向くと、片手《かたて》を戸口にかけ、弓で体を支《ささ》えながら、よろよろとチポロが入ってきました。ひたいと鼻から血を流し、衣服も靴《くつ》もぼろぼろです。

「おお、チポロ！」

シカマ・カムイは喜びましたが、ヤイレスーホは信じられない、といった顔でチポロを見つめました。また、オキクルミは、美しい部屋にそぐわない突然《とつぜん》の侵入者《しんにゅうしゃ》に、不快《ふかい》さを隠《かく》しませんでした。

「だれだ、おまえは？」

「ススハム・コタンのチポロ。わたしの友人です」

シカマ・カムイが言いました。やっとのことで立っているチポロは、ぺこりと頭を下げ、シカマ・カムイといっしょにいる、背《せ》の高い巨木《きょぼく》のような神を見つめました。

（この方が、オキクルミさま……）

それはまるで、一本の古い樹《き》でした。見上げるように高く、枝《えだ》を四方に広げ、何百もの鳥たちを止まらせることができる、大きな樹です。そして、その天辺《てっぺん》についているのは、堅《かた》い木を、鋭《するど》い小刀で鋭角《えいかく》に削《けず》ったような顔でした。髪《かみ》は日にさらされて色の抜《ぬ》けた葦《あし》のように広い肩《かた》をおい、分厚《ぶあつ》い衣《ころも》の裾《すそ》から、岩のように角ばった手の平が見えました。

チポロは魅入《みい》られたように、オキクルミから目を離《はな》すことができませんでした。オキクルミもまたチポロを見つめていました。白い髪とひげの間からのぞく目には、浅はかな嘘《うそ》や言《い》い訳《わけ》など、なにもかも見透《みす》かされてしまいそうでした。

（怖《こわ》い……）

じっと見ていると足がすくみ、喉《のど》が渇《かわ》き、吐《は》き気《け》さえしてくるほどです。オキクルミの目には、そこらの機嫌《きげん》の悪い大人などかわいく思えてしまうくらいの、重い怒《いか》りと憎《にく》しみがみなぎっていました。

（でも、なんだか懐《なつ》かしい……）

それがなぜなのか、その時はまだチポロにはわかりませんでした。

「ススハム・コタン……あの村か。それで、なにしに来た？」

「そこにいる、イレシュを迎《むか》えに。そして、いっしょに帰るために来ました」

チポロはそう言うと、横たわっているイレシュのそばに座《すわ》り、

「イレシュ、起きろよ。帰ろう」

と呼《よ》びかけました。しかし、いくら耳もとで叫《さけ》んでもイレシュは目覚めず、触《ふ》れて揺《ゆ》り起《お》こすこともできないチポロは、ヤイレスーホに詰《つ》め寄《よ》りました。

「おまえ、イレシュになにしたんだよ！　また呪《のろ》いでも、かけたのか？」

ヤイレスーホは茫然《ぼうぜん》とチポロを見つめ、「なぜ、その体で動ける？」と呟《つぶや》きました。

「俺《おれ》のことはいいから、さっさと呪いを解《と》けよ！」

「やっぱり、ただの人間じゃないんだな……」

「やっぱり、殺さないとだめなのかよ！」

ヤイレスーホのえりくびをつかんだチポロの肩《かた》に、シカマ・カムイが手をかけました。

「落ち着け、チポロ。これは呪《のろ》いというほどのものでもない。どきなさい」

「は、はい」

チポロはヤイレスーホの体から手を離《はな》しました。シカマ・カムイがイレシュの眉間《みけん》にすっと触《ふ》れると、イレシュの閉《と》じていた瞳《ひとみ》がゆっくり開きました。

「チポロ？」

イレシュは体を起こし、あたりを見回して、自分を取り囲む顔ぶれにびっくりしました。

「シカマ・カムイさま……？　それに、あの方は？」

イレシュが見つめ、イレシュを見つめるオキクルミは、こう言いました。

「私《わたし》は、おまえの母の兄だ」

「違《ちが》います！」

自分のすべきことを思い出したイレシュはきっぱりと答え、ヤイレスーホを指さしました。

「この人の言ってることは、全部嘘《うそ》です。あたしは生まれつき、なんの力も持っていません。この人のかけた呪いなんです」

「そうだ、オキクルミさま。イレシュにかけられた呪《のろ》いを、この紋様《もんよう》の力を解《と》いてください。そうじゃないと村に帰れません。お願いします！」

オキクルミは、頭を下げるイレシュとチポロから、ヤイレスーホに視線《しせん》を移《うつ》しました。

「どういうことだ。ヤイレスーホ？」

ヤイレスーホは小さな雷《かみなり》に打たれたように、一瞬《いっしゅん》体を震《ふる》わせ、かすれた声で答えました。

「申《もう》し訳《わけ》ありません。本物の子どもを捜《さが》したのですが、見つけることができませんでした」

「なんだと？　だから、替《か》え玉《だま》を使って、私《わたし》を騙《だま》そうとしたのか？」

イレシュが目覚めた今、もうヤイレスーホには言い訳する余地《よち》も、言《い》い逃《のが》れする方法もありませんでした。

「はい……オキクルミさま」

オキクルミは、ふーっと部屋中の空気が動きそうなため息をつきました。

「残念だ。おまえには目をかけてやったのに。それが、裏切《うらぎ》られるとは」

そしてオキクルミは、チポロとイレシュに言いました。

「呪いは、かけた者が死ねば解《と》ける」

オキクルミがヤイレスーホにかざした大きな手の中で、小さな雷のような火花が散るのを見て、チポロは思わず飛び出しました。

「わーっ！」

チポロは飛び出してヤイレスーホの前に立ちふさがり、イレシュは親鳥が雛《ひな》を守るようにヤイレスーホを抱《かか》え込《こ》みました。

「……なぜかばう？」

とたずねるオキクルミに、二人は口々に言いました。

「だから、それが嫌《いや》なんです！」

「あなたなら、ほかに方法があるんじゃないかと思ってお願いしてるんです！」

オキクルミは憮然《ぶぜん》として二人にたずねました。

「なぜだ。おまえたちにとって、この者は家族でも友人でもない。むしろ憎《にく》い相手だろう。なぜ、死をもって償《つぐな》わせようとしないのだ？」

二人は顔を見合わせました。

（なんでだろう？）

（なんでかな？）

チポロはとにかく、無駄《むだ》に死ぬ命を見たくありませんでしたし、イレシュにも見せたくありませんでした。

「そりゃ、最初は……ううん何度も、『殺してやりたい』とは思ったけど……」

チポロは、ヤイレスーホを睨《にら》みつけました。

「イレシュに止められたし、ちょっと戦ったり、喋《しゃべ》ったりしているうち、『情《じょう》がわいた』ってわけじゃないけど……知らない奴《やつ》じゃなくなったし」

そしてチポロは、自分を見つめるヤイレスーホに向かって言いました。

「今だって、おまえと仲良くしたいなんて思わないぞ。でも、死なずに済《す》む相手なら死んでほしくないんだよ！」

チポロは再《ふたた》び、オキクルミに大きく頭を下げました。

「だから、お願いします。こいつを殺さないで、呪《のろ》いを解《と》いてください！」

オキクルミは、あきれたように呟《つぶや》きました。

「あいかわらず、人間はわからん」

「これが、あなたの妹が好きだった、人間そのものですよ」

シカマ・カムイの言葉に、オキクルミは窓《まど》の向こうに目をやりました。

「ところで、さっきからみんなで言ってる『妹』とか『子ども』って、なんだ？」

チポロが小声で聞くと、イレシュはこう答えました。

「あなたのことよ。チポロ。あなたの亡《な》くなったお母さんが、オキクルミさまの妹だったのよ」

「えーっ！」

チポロは目を白黒させ、ぼそりとヤイレスーホが呟きました。

「呑《の》み込《こ》みの悪い奴《やつ》だ」

チポロは昨日、小屋でイレシュに聞かれた質問《しつもん》の意味がやっとわかりました。

——チポロは自分が、神さまの子どもだったらどうする？

——チポロの前に神さまが現《あらわ》れて、『いっしょに神の国へ行こう』って誘《さそ》ったら？　そこは夢《ゆめ》のように美しい世界で、魔物《まもの》もいないのよ。

荒唐無稽《こうとうむけい》な、意味のない質問だと思っていたのに、こんなに重要な、自分の問題だったのです。今や部屋にいるすべての人と神と魔物の視線《しせん》が、チポロに集まっていました。急に注目をあびたチポロは混乱《こんらん》し、どぎまぎしました。自分が神の子だなんて、チポロは考えたこともありませんでしたし、いきなりそう言われても実感できませんでした。

「母さんが神さまだったって、本当なのか？　俺《おれ》、神さまみたいな力、なにも持ってないけど？」

チポロはイレシュに聞きましたが、それにオキクルミが答えました。

「私《わたし》がおまえの母親からうばったからだ。人間によけいなものを与《あた》えぬようにと。それでもなにか与えたいと願うならば、おまえの命と引《ひ》き換《か》えだと」

オキクルミはチポロに近づき、しげしげとその顔を見つめました。

「おまえが……本当に、あれの息子《むすこ》なのか？」

そう言われても、チポロには、なんの記憶《きおく》もありませんでした。

（待てよ……？）

チポロの脳裏《のうり》に、あの雲の切れ間から大地を睨《にら》みつけていた男の顔が浮《う》かびました。

「昔……地上を、もう一度焼こうとした？　雷《かみなり》を落とそうとした？」

チポロの問いに、オキクルミもまた思い出したように言いました。

「あの時、私《わたし》に『帰れ』と言った、あの子どもか……？」

オキクルミはいったん目を閉《と》じました。やがて目を開けると、ふっと笑《え》みを浮かべ、手をさし伸《の》べて、チポロに言いました。

「どうやら、本物のようだな。私を恐《おそ》れもせず睨み返した。あんな子どもは、ほかにはいまい」

親しげな笑みと、温かい言葉に、チポロは初めて心が動きました。厳《きび》しく大きな力を持った人間――いや、神に認《みと》められ、思った以上に嬉《うれ》しく誇《ほこ》らしい気持ちで、いっぱいになったからです。

（この方が、俺《おれ》の伯父《おじ》さん……）

今までなにも知らなかった神の国に、チポロはふつふつと興味《きょうみ》がわいてきました。しかし、オキクルミの次のひと言が、チポロに芽生えかけた神々への親しみを打《う》ち壊《こわ》しました。

「あらためて挨拶《あいさつ》をしよう。私《わたし》の甥《おい》っ子《こ》よ。愚《おろ》かな父と、浅はかな母の間に生まれた人の子よ」

チポロは言い返しました。

「父さんと母さんを馬鹿《ばか》にするな！」

「馬鹿になどしていない。本当のことを言ったまでだ。特に、母親についてはな。勝手に、柳《やなぎ》の葉を魚に変えて川に流した。それによって、どんなことが起こるか考えもせずに――」

「えっ！　あのススハムは、母さんが？」

「そうだ。その時の飢《う》えは消えたが、そのあとはかえって豊《ゆた》かな者と貧しい者の差が開いた」

チポロは村の貧しい暮《く》らしを思い出し、あれが実の母によるものだったと知って、絶句《ぜっく》しました。母はなんと、よけいなことをしてくれたのでしょう。

「チポロといったな。私といっしょに来るがいい。おまえの父は人間だが、妹はかつて神だった。カムイ・ミンタラに住む者として、ふさわしい力を与《あた》えてやろう。もちろん、力の正しい使い方も教えてやろう」

チポロは迷《まよ》い、シカマ・カムイの顔を見ました。

「シカマ・カムイさま……」

「好きにしなさい。おまえはどうしたい、チポロ？」

チポロは、うっと言葉に詰《つ》まりました。チポロはシカマ・カムイが助言してくれることを、できれば自分の運命を決定してくれることを期待していたのです。あまりに突然《とつぜん》、いろいろなことを知らされ、大きなことを決めなければならなくなったので、混乱《こんらん》し、命令してくれる人が欲《ほ》しかったのです。

（ど、どうしたらいいいんだ。俺《おれ》……）

チポロは、オキクルミの「力を与《あた》えてやる」「教えてやる」という言葉に引かれました。力そのものより、力を得ても悩《なや》んだり迷《まよ》ったりしなくていいということが、とてもすばらしいもののように思えたのです。

その時、迷《まよ》うチポロの目に、なにも言わず自分を見つめているイレシュが映《うつ》りました。

「そうだ……。イレシュは、いつから俺が、オキクルミさまの甥《おい》だって知ってたんだ？」

イレシュは答えました。

「ここに来てから、すぐよ」

「すぐ？」

「ええ。ヤイレスーホに、『その呪文《じゅもん》をだれに聞いた？』って聞かれて、捜《さが》しているのは、チポロだって、すぐわかったわ」

「じゃあ、なんで……？」

カンの鈍《にぶ》いチポロも、さすがにはっとしました。

「それじゃイレシュは、俺《おれ》の代わりに三年間もずっと?」

チポロは、三年間のイレシュの家族の苦しみを思うと、ひざから力が抜《ぬ》け、思わずその場に座《すわ》り込《こ》みました。

「そんな……。それじゃ、あの時俺が、呪文《じゅもん》なんて教えなきゃ……」

「違《ちが》うわ。チポロ。あたしが選んだの。すぐチポロの名を出して、ヤイレスーホに頼《たの》めば解放《かいほう》されるかもしれないってわかってた。でも、あたしが自分で決めたのよ。チポロは悪くない」

「…………」

「あたしが決めたのよ。間違《まちが》ってたかもしれないけど、後悔《こうかい》はしていない。だから謝《あやま》らないで。あたしのことはいいから、自分で好きな方を選んで」

「イレシュ……」

イレシュはチポロの隣《となり》に座り、触《ふ》れないようにしながらも、励《はげ》ますように言いました。

「だれも赤んぼに、『自分で選べ』とか『決めろ』なんて言わないわ。チポロはもう、一人前よ。狩《か》りもできるし、一人で旅もできる。もう大人になったから、決められる人間だから、決めなきゃならないのよ」

イレシュはほほえみました。その笑《え》みを見ているうちに、チポロは自分がどうして、下手だった狩《か》りも、辛《つら》い旅も、あんなにがんばれたのかを思い出しました。そしてチヌやトペニや、村の人々の顔を思い出しました。一人でがんばれる人間には、決して一人ではなれなかったことを思い出したのです。

チポロはオキクルミに向き直りました。

「あのさ、伯父《おじ》さん。いきなり人の家焼いたり、自分の妹捨《す》てたり。かと思うと、その子ども捜《さが》せって……勝手すぎるよ」

伯父さん、と言われてオキクルミは片眉《かたまゆ》を吊《つ》り上《あ》げました。

「勝手だなどと、人間に言われるすじあいはない。おまえたち人間は、どれだけ勝手なことをして、この大地を汚《よご》し、弱らせていると思うのだ?」

「だからって、どんな罰《ばつ》を与《あた》えてもいいのか? なにしてもいいのか?」

「そうだ」

「……そうだ?」

聞き返すチポロに、オキクルミは、あっさりと言いました。

「神が人を創《つく》ったのだ。当然のことだ」

「…………」

そのひと言で、チポロの心は決まりました。

「ああ、やっぱり俺《おれ》は人間だから、人間の世界にいるよ。神の国なんて行きたくない」

チポロはそう言ってイレシュにほほえみました。イレシュは驚《おどろ》き、

「いいの？　チポロ」

と聞きましたが、チポロは「言っただろ」と、首をすくめました。

「人間が一人もいない世界には、行きたくないって」

そして、チポロは母の兄である、偉大《いだい》な雷神《らいじん》に告げました。

「さよなら。オキクルミさま。あ、最後にイレシュの呪《のろ》いだけは解《と》いてくれる？」

「ヤイレスーホを殺さずに」

イレシュがすかさずつけ足し、チポロもうなずきました。

「いいだろう。かけられた呪いは――」

オキクルミはそう言って、ヤイレスーホに向かって手をかざしました。その手には、さっきとは違《ちが》い、雷《かみなり》のような火花は散っていませんでしたが、ヤイレスーホは身をひるがえし、部屋を出ようとしました。

「呪いをかけた者の姿《すがた》がもとに戻れば、呪いをかけられた者も、もとに戻るはずだ」

オキクルミのかざした手から、目に見えぬほどの小さな光がその体に当たりました。そしてヤイレスーホの姿は一瞬《いっしゅん》にして消え、床《ゆか》には一匹《ぴき》の蛇《へび》がはいずっていました。

「あっ！」

チポロとイレシュは同時に声を上げ、顔を見合わせました。なぜならその蛇《へび》の目の色が、金と銀だったからです。

「この蛇……やっぱり」

「もしかして、あの時の……？」

二人が蛇をもっとよく見ようとかがみ込《こ》むと、蛇はオキクルミの衣《ころも》の裾《すそ》に逃《に》げ込《こ》みました。

「そうだ。これが、ヤイレスーホの本当の姿《すがた》だ」

オキクルミが軽く足を動かすと、衣の裾から蛇が転がり出ました。どうやらオキクルミに蹴飛《けと》ばされたようです。イレシュはその蛇に駆《か》け寄《よ》り、体をなでました。目を閉《と》じた蛇はイレシュの手の中でぐったりしていましたが、凍《こお》りつくことはありませんでした。

「凍らない」

イレシュは、はっとしてチポロを見ました。

「イレシュ……」

チポロはそっと、イレシュの肩《かた》に手を伸《の》ばしました。イレシュもまた、蛇を床《ゆか》に置いてチポロに手を伸ばしました。

「チポロ……」

「イレシュ！」

チポロはイレシュの手をとり、強くにぎりしめました。その手首には、もうイレシュをしばりつけていた鎖《くさり》のような紋様《もんよう》はありませんでした。

オキクルミは砦《とりで》の窓《まど》を開け、大きく手をかざしました。まばゆい光が人々と魔物《まもの》たちを包《つつ》み込《こ》み、霧《きり》が晴れるようにその光が引いていくと、魔物たちの姿《すがた》はすっかり消えていました。


そしてチポロは、イレシュとしっかり手をつないだまま、いっしょに部屋を出て、階段《かいだん》を下り、砦をあとにしました。

「さて、わたしも行くとするか」

シカマ・カムイはオキクルミに告げました。

「わたしも、愚《おろ》かなあなたの妹の仲間だ。まだ、人間を見捨《みす》てられない」

シカマ・カムイはそう言って一礼し、部屋を出ました。

部屋にはもう、主《あるじ》以外の神も人も魔物も、だれも残ってはいませんでした。オキクルミは、呟《つぶや》きました。

「馬鹿《ばか》な妹だった。その子どもも、どうしようもない。なぜ留《とど》まろうとするのか。あんな世界に」

オキクルミは自分が描《えが》いた、地上の人々の絵を眺《なが》めました。

我《われ》ながらうまく描けていると思いました。そして、一晩《ひとばん》で描き上げたこの絵を見て、妹が言葉を失い、立《た》ち尽《つ》くしたことを思い出しました。

◆

――ああ、ああ……なんてすばらしいの。

妹は涙《なみだ》を浮《う》かべ、壁《かべ》の絵に手を伸《の》ばしました。

――さわるな。そこにあるように見えるが、それは灰《はい》に描いた絵だ。触《ふ》れれば消える。

妹は悲しげに絵から離《はな》れ、兄にこう言いました。

――こんなふうに描けるなんて……。兄さんも、本当は人間を好きなんでしょう？

――私《わたし》は地上で育った。だから知っていて描けるだけだ。

――いいえ。知っていても、嫌《きら》っていたらこんな絵を描けるわけがないわ。たとえ、この樹《き》やこの花や、この鳥や獣《けもの》を描けたとしても、こんなに楽しげに働いている人を描けるはずがないわ。ああ、ここにいる人々は、なんて嬉《うれ》しそうなの。お日さまの下で一日中働いて、これから家に帰るんだわ。家族の待つ家に……。

――家族のいない者もいるだろう。家族で仲たがいしている者も。いいかげんにしろ。おまえには地上のことが、美しく見えすぎているのだ。

優《やさ》しい妹でした。しかしその「優しさ」は、人間の「弱さ」を助長させる「甘《あま》さ」だとオキクルミは思いました。いったい何度、こう言って叱《しか》ったでしょう。

——おまえはまた、そうやって人間を甘やかす。

——兄さん、人は神とは違《ちが》うのです。

人と神の違いなど、オキクルミはもちろんわかっていました。神々はわが身に似《に》せて人を創《つく》りましたが、中身は似て非《ひ》なるものでした。

——彼《かれ》らは弱い。我々《われわれ》のように、耐《た》えることはできない。雨や風に、暑さや寒さに、飢《う》えや痛《いた》みにも、我々のように強くはない。

——ええ、そうです。私《わたし》たちのように、何度体を切られても生き返ることなどできない。

——だから我々は、火を与《あた》えた。刀を与え、弓矢を与えた。稗《ひえ》の育て方を教えた。一人一人は弱くても、知恵《ちえ》を合わせれば災《わざわ》いや苦難《くなん》と戦えるように。だが、彼らは知恵を使わない。

——……。

——なぜ、そんな者たちの所に、おまえは再《ふたた》び戻《もど》ろうとする？

オキクルミは一度だけ、妹が嫁《とつ》いだ家をのぞいたことがありました。妹がいっしょに暮《く》らしていたのは、半身にやけどを負った、片手《かたて》が不自由な男でした。

なんということだ――。よりによってなぜ、そんな弱い者の所などに。

どうせいつか妹は、地上の暮《く》らしの苦しさに、泣いて助けを乞《こ》うだろうと思いました。天を仰《あお》ぎ、兄たる私《わたし》を呼《よ》ぶだろうと。

しかし妹は、兄を呼びませんでした。どんなに地上の生活が苦しくとも。そして、たった一度だけ、最初で最後の神の力を使いました。その身を柳《やなぎ》に、柳の葉を人間の糧《かて》になる魚に――そしてもう二度と、神に戻《もど》ることも、人に戻ることもありませんでした。

◆

オキクルミは絵に触《ふ》れました。すると太陽はまぶしく輝《かがや》き、川は音をたてて流れ出し、人々はざわめき動き出しました。あざやかな夢《ゆめ》のように動いた絵は、端《はし》からさらさらと崩《くず》れ出《だ》し、やがてあとかたもなく消えてゆきました。

十七、帰路

次の日の朝、ノカピラの人々は、海を見て首をかしげ、目をこすりました。なぜなら岬《みさき》の先にたしかに昨日までそこにあったはずの砦《とりで》が、すっかり消えていたからです。

その砦にあるという財宝《ざいほう》を巡《めぐ》って、魔物《まもの》たちと死闘《しとう》を繰《く》り広《ひろ》げていたはずなのに――人々は、昨日の激《はげ》しい戦いは夢《ゆめ》だったのだろうかと思いました。

しかし、夢ではありません。細長く突《つ》き出《だ》した岬《みさき》には、折れた弓矢や刀の破片《はへん》、血に染《そ》まった衣《ころも》が散らばり、壊《こわ》れた船の破片《はへん》が打《う》ち寄《よ》せられていました。そして岬の先は海に沈《しず》み、その海の上には大きな虹《にじ》がかかっていました。

その虹を背《せ》に、チポロとイレシュはシカマ・カムイたちといっしょに、南に向かって出発しました。チポロとイレシュはやっと村に帰ることができるのが嬉《うれ》しくて、自然と足が速くなりました。

「やれやれ。そんなに急いでは、あとでばてるぞ」

と、シカマ・カムイの家来たちはからかいましたが、二人は平気でした。

「ばてたら、家の中に倒《たお》れ込《こ》むよ」

「そして春まで眠《ねむ》るわ」

二人はそう言って笑いました。その二人のそばに、家来から離《はな》れたシカマ・カムイがやってきました。

「少し、邪魔《じゃま》してもいいかな？」

シカマ・カムイに聞かれたイレシュは、

「邪魔なんて……」

と言いながら、チポロから離れました。

「我々《われわれ》はおまえたちの村の前で別れる。その前に、まず、おまえに謝《あやま》らなくてはいけないな。チポロ」

「謝る？」

ぽかんとするチポロに、シカマ・カムイは言いました。

「おまえがオキクルミの甥《おい》だと、わたしが早く気づいていれば、あの娘《むすめ》が間違《まちが》えられたことも、もっと早くわかったはずだ。どうにかできただろう。本当にすまなかった」

立ち止まって深々と頭を下げるシカマ・カムイに、チポロは慌《あわ》てました。

「いいえ。だって、俺《おれ》そんな、神さまの子どもらしいところもないし……」

「いや、よく見れば、オキクルミに似《に》ていなくもない。あの村に寄《よ》って、レプニが弓の才に目をつけたのに、なぜわたしは気づかなかったのだろう。あの男の息子《むすこ》だと」

「あの男って……シカマ・カムイさまは、父さんに会ったことがあるんですか？」

「いいや。だが、それについても、おまえに話しておこう。おまえの母親と父親のことで、わたしが知っているすべてを。といっても、ほんのわずかだが」

シカマ・カムイは話し始めました。

「かつて、オキクルミはアイヌ・ラックルとも呼《よ》ばれた、人間に一番近い神だった」

チポロはうなずきました。今では、人間に近い神といえばシカマ・カムイのことですが、大昔はそうだったと、チヌから聞いたことがありました。

「だが、近くにいるということは、その欠点も目につくということだ。たとえばオキクルミは、射《い》れば自ら獲物《えもの》を追う矢を与《あた》えた。すると人間は弓の腕《うで》を磨《みが》こうとしなくなり、さらにその矢であたりの獣《けもの》を獲《と》り尽《つ》くした。そんなふうに神の慈悲《じひ》を当てにし、甘《あま》えては、すがろうとする人間に、オキクルミは嫌気《いやけ》がさし、天上に去ろうとしたのだ」

「…………」

「しかし、オキクルミの妹は違《ちが》った。妹神は弱い人間を憐《あわ》れみ、兄に助けを求めた。兄は妹に説得され、あの北の果てノカピラにとどまり、もうしばらく人間を助けることにした。妹神はオキクルミの使いとして、人々に食べ物を届《とど》けた。ノカピラだけでなく、あらゆる地の人々にだ」

「イレシュみたいに？」

シカマ・カムイと自分に気をつかって、一人で遅《おく》れて歩いてくるイレシュを、チポロはふり返りました。

「そうだ。人々はオキクルミに感謝《かんしゃ》した。だが、ある日よこしまな考えを起こした男がいた。家のすきまから食べ物をさし入れる手を見て、『手がこんなに美しかったら、顔もどんなにか美しいだろう』と思い、その手をつかみ家の中に引き入れようとしたのだ」

「！」

「オキクルミは怒《いか》り、その男を家ごと焼いた」

「家ごと……」

チポロには、大事な妹を思うオキクルミの気持ちがよくわかりました。チポロだってイレシュにさわった男のことを、「全部凍《こお》っちまえばよかったのに」と思ったからです。

（でもそれで、人を家ごと焼き払《やはら》うなんて……）

チポロは、神と人の違いを思わずにはいられませんでした。

「そしてオキクルミは妹を人間から引《ひ》き離《はな》したが、妹は、せっかく兄の描《か》いてくれた絵にも喜ばず、『人間の所に帰りたい』と泣いた。オキクルミは怒《おこ》り、妹を下界に残した――」

「じゃあ……母さんはずっと、神さまの国に帰りたかったのかな？」

「以前はわたしもそう思っていた。兄の怒《いか》りをかい、罰《ばつ》として残されたのだからと。しかし、妹神は、オキクルミが残したという、一度だけ使える神の力を、兄を呼《よ》ぶために、自分のためには使わなかった。自らが柳《やなぎ》の木となって、その葉を川に流し、ススハムという糧《かて》を人間に与《あた》えた。飢《う》えで死ぬはずだった人々は救われた」

「でも、そのあとはかえって貧乏人《びんぼうにん》と金持ちの差が開いたんだ――」

「では、母がなにもしなければよかったと思うか？」

「そうじゃないけど……」

「おまえの母の志《こころざし》は、間違《まちが》っていない。間違ったのは人間だ。だからオキクルミが、さらに怒ったのだ。オキクルミは天上に去っていたが、久《ひさ》しぶりに来た村に、妹の姿《すがた》がないことに驚《おどろ》き、豊《ゆた》かになった人々の姿に、なにが起こったのかを悟《さと》った。オキクルミは今度は村全体を焼《や》き払《はら》おうとしたが、自分を指さす子どもの声に、雷《かみなり》の矢を止めた」

チポロはノカピラでオキクルミと会った時のことを思い出しました。あの時、恐《おそ》ろしかったと同時に、どこかで懐《なつ》かしい気がしたのは、あの遠い記憶《きおく》のせいだったのです。チポロがそのこと

を話すと、

「オキクルミが妹の子に気をそがれたと聞いてはいたが、そうだったのか。おまえがオキクルミを止めたのか」

と、シカマ・カムイはうなずきました。

「オキクルミが、ススハム・コタンを焼《や》き尽《つ》くそうとしたのには、もう一つ理由がある。あの村には欲《よく》や妬《ねた》みがうずまき、魔物《まもの》を呼《よ》び寄《よ》せる臭《にお》いがしたのだ。案の定、幾月《いくつき》もしないうちに、魔物たちや、さまよう魂《たましい》を抱《いだ》いた獣《けもの》が現《あらわ》れるようになった。その噂《うわさ》を聞いて我々《われわれ》も向かったが、着いてみると、もう魔物たちはいなかった。一番大きな獣、大ジカが退治《たいじ》されたあとだったのだ。おまえの父によって。この話は知っているか？」

チポロはチヌカから聞いた話を思い出し、うなずきました。

「では、おまえの父の話をしよう。妹神が人間に絶望《ぜつぼう》しなかったのには、わけがある。手をつかんで家に引き入れようとした男を止めようとしたのが、おまえの父だったのだ」

「えぇっ！」

昨日から、あまりにたくさんのことに驚《おどろ》いたチポロでしたが、なんといってもこの話が一番の驚きでした。

「しかも、そのすぐあとに、よこしまな男が家ごと焼かれた時、燃《も》えさかる家に入って、男の家族を助け出した。おまえの父はやけどを負った。いい弓の作り手であり射手《いて》だったが、利《き》き腕《うで》をやけどしたせいで、弓を引けなくなった」

「…………」

「妹神は、男のことを忘《わす》れられなかった。自分を助け、友を助けようとした男のことを。だから罰《ばつ》として地上に残されても、悔《く》いたりはしなかったのだ」

チポロは母と父の意外な出会いに、なんだか胸《むね》がいっぱいで、食べすぎて苦しくなった時のようになりました。それでも、聞きたいことがもう一つだけありました。

「……父さんは、どんな人だったんですか?」

「残念ながら、わたしは会ったことはない。ただわかっているのは、夢枕《ゆめまくら》に立った妻《つま》の言葉どおり、柳《やなぎ》の木を切って矢を作り、暴《あば》れる大ジカを鎮《しず》めたが、その牙《きば》で受けた傷《きず》がもとで亡《な》くなったということだけだ」

そうか、とチポロは思いました。神ではない父が〈魂送《たまおく》りの矢〉を作ることができたのは、その時まだ女神《めがみ》としての力が残っていた母に命じられた――託《たく》されたからだったのでしょう。

「……ありがとうございます。シカマ・カムイ」

その夜、チポロは久《ひさ》しぶりに父の夢《ゆめ》を見ました。

春の陽《ひ》がまぶしい水辺で、父は柳《やなぎ》の木に手をかけて立っていました。

「それ、母さんだったんだね？」

父はうなずきました。父が柳の木を見上げると、風に揺《ゆ》れる枝《えだ》が、無数の手のように、父の顔や体をなでてゆきました。

水面《みなも》は春の陽を映《うつ》して光り、やがて父の体は、その光に包まれるように消えてゆきました。

大好きなシカマ・カムイたちと、呪《のろ》いが解《と》けたイレシュと歩く毎日は楽しく、チポロはこの旅が永遠《えいえん》に続いてほしいとさえ思いましたが、まもなく別れはやってきました。

「また、村々を回るんですか？」

「ああ。オキクルミも、天上に帰ってしまった。また地上から神が一人、減《へ》ったということだ。魔物《まもの》たちは喜んで、暴《あば》れ回《まわ》るだろう」

「そうですね」

そういえば、とチポロは右肩《みぎかた》に布《ぬの》を巻《ま》いているレプニを見ました。

（レプニの傷《きず》がまだ治ってない。またあのフリューみたいなのが襲《おそ》ってきたら……）

しかし、レプニは「右手で狙《ねら》いをつけるのは無理だが、弓を支《ささ》えるくらいならできる。大丈夫《だいじょうぶ》だ」と笑いました。

「え、じゃあ……」

「そうだ。利《き》き腕《うで》じゃない方でも射《い》られるのは、自分だけだと思うなよ」

それじゃ、とチポロは、はっとしました。

（フリューにやられたように見えた時だって、本当は射られたんじゃないのか？　俺《おれ》にゆずってくれたのか？）

チポロがじっと見ていると、「なんだよ」とレプニはチポロの鼻を突《つつ》きました。

「まだまだ、おまえにはシカマ・カムイさまの家来の座《ざ》はゆずらないぞ」

「いいや。次に会う時は、交代だよ」

ほかの家来たちが「言うねえ」「その意気だ」と笑い、レプニも笑いました。


そしてほどなく、シカマ・カムイたちと別れ、チポロとイレシュは二人で歩き出しました。

「もうすぐ村に着くわね」

イレシュは嬉《うれ》しそうに言いました。

「うん、久《ひさ》しぶりだ。なんだか、もう何年も村から離《はな》れてたみたいな気がする」

「何年も離れてたわよ。あたしは」

「あ、そうだった。ごめん」

「いいのよ」

八人で歩いていたのが、急に二人だけになってしまい、チポロとイレシュはなんとなく話すことがなくなりました。黙《だま》って長い道を歩くのも気まずく、チポロはつい、こんなことを言いました。

「あの、ヤイレスーホって奴《やつ》さ。ちょっとかわいそうだったよな」

「えっ、どうして？」

イレシュはけげんそうに聞きました。

「だってさ。あいつはあいつなりに、イレシュのことを守ろうとしてくれたんだろ。ああいうふうに魔法《まほう》っていうか、呪《のろ》いをかけなきゃ、イレシュは魔物たちに殺されるところだったんだから」

「あたしはそうは思わないわ」

チポロの言葉を、イレシュはきっぱりと否定《ひてい》しました。

「本当にあたしのことを考えてくれるなら、さっさと村に帰してくれればよかったのよ。そうすれば、あたしは……あんなふうに、人を傷《きず》つけずにすんだのに！」

「イレシュ……」

イレシュの目には涙《なみだ》が浮《う》かび、唇《くちびる》はきつく引き結ばれていました。

（ああ、イレシュはまだ、あんなクズみたいな男を傷《きず》つけたことを気に病《や》んでいるんだ）

チポロを置いて、イレシュはずんずん先に歩き出しました。それを追いながら、チポロはイレシュにかける言葉が見つかりませんでした。無理になにか話しかけても、またイレシュのことを傷つけてしまうと思ったからです。しかし、そう考えてもなお、ヤイレスーホのことを、チポロはただの悪い奴《やつ》だったとは思えませんでした。

その日、チポロとイレシュは夜まで口をききませんでした。

夜、焚火《たきび》を挟《はさ》んで、チポロとイレシュは、それぞれの荷物に入っていた干《ほ》し魚《さかな》を焼いて食べ、それぞれ乾《かわ》いた草をしき、毛皮にくるまって横になりました。

（村に着くまで、ずっとこんなかな……）

三年の間ずっと、チポロはイレシュに会いさえすれば、なにもかも昔のように戻《もど》ると思っていました。しかし、自分に三年の日々があったように、イレシュにもまたあったのです。

チポロは炎《ほのお》の向こうのイレシュを見ながら、そんなことを考えているうちに眠《ねむ》ってしまいました。一方、反対側にいるイレシュは、なかなか眠ることができませんでした。

ノカピラを出てから、イレシュはヤイレスーホのことはなるべく思い出さないように、心にふたをしてきました。そのふたをチポロが、無神経《むしんけい》に開けてしまったのです。

チポロの言うように、ヤイレスーホはたしかに、自分のことを考えてくれていたのかもしれません。しかし、それはイレシュにとって、迷惑《めいわく》な押《お》しつけでしかありませんでした。イレシュはヤイレスーホと交《か》わした言葉を思い出しました。

――オキクルミさまやあなたの行く世界は、きっと美しい。平和で、すばらしいでしょうね。だけど、きっと後悔《こうかい》するわ。一人で行ったら……。

――一人じゃない。

――あたしの好きな人はだれもいない。それって一人と同じことだわ。

――好きな奴《やつ》がいない世界は、一人と同じだというのか？

――そうよ。

――ならおれは……ずっと一人だ。

あの時の、哀《かな》しげなヤイレスーホの顔を思い出すと、イレシュは胸《むね》が苦しくなりました。だからなるべく思い出さないようにしていたのです。

でも、イレシュは思い出してしまいました。自分を見た時の驚《おどろ》いた顔や、呪《のろ》いをかけた時の真《しん》剣《けん》な表情《ひょうじょう》、そして別《わか》れ際《ぎわ》の哀《あわ》れな様子……イレシュはヤイレスーホのために、初めて涙《なみだ》を流しました。

次の日の朝、目覚めたチポロの顔の上に、天からしゅっと一本の矢のようになにかが降《ふ》ってきました。

「わっ！」

慌《あわ》てるチポロの顔に、干《ほ》した山ブドウがばらばらとぶつかりました。

「なんだなんだ？」

いつのまにか隣《となり》にいたイレシュもまたびっくりして、飛び起きたようです。枝《えだ》についたままの干し山ブドウを手に、目を丸くしてチポロを見ていました。

「チポロ。山ブドウが空から降《ふ》ってきたわ」

「こんなことをするのは……」

きょろきょろとあたりを見回すと、ぱたぱたという音とともに、一羽の鳥がチポロの肩《かた》に降《お》り立《た》ちました。

「あっ！」

「よくやったな、チポロ」

「ありがとう」

ミソサザイの神は、今度はイレシュの方に飛んできました。

「ミソサザイの神さま？」

チポロから話を聞いていたイレシュは、そう言って手を伸《の》ばしました。ミソサザイの神が手の平に止まると、イレシュは優《やさ》しくその羽根をなでました。

「ああ、俺《おれ》の思ったとおりの子だ」

ミソサザイの神は満足そうに言いました。そして再《ふたた》びチポロの方に飛んでくると、

「よかったな、チポロ。帰りは、もう一人じゃないんだな」

「……うん」

嬉《うれ》しそうに答えるチポロを、イレシュは黙《だま》って見つめました。

「よくやったよ。おまえはほんとによくやったよ」

そう言ってミソサザイの神は、ぱたぱたと笑い、大きくはばたいて空の彼方《かなた》に消えてゆきました。

「行っちゃった……」

「神さまたちの国に行ったのかな」

少し寂《さび》しそうにイレシュが呟《つぶや》きました。

「いや、あの神さまのことだから、その辺にいると思うよ」

「じゃあ、また会える?」

「たぶんね」

チポロの言葉に、イレシュはにっこりと笑いました。そしてチポロとイレシュは、いっしょに

残り火をおこして干《ほ》し肉《にく》を焼き、山ブドウを食べました。

二人はていねいに火を消して、再《ふたた》び南へと歩き出しました。やがて日も暮《く》れようとするころ、道の向こうに細くたなびく何本もの煙《けむり》が見えてきました。それは村の夕餉《ゆうげ》の支度《したく》をする囲炉裏《いろり》の煙でした。

二人は顔を見合わせ、どちらからともなく互《たが》いの手をとって、駆《か》けるように早足で歩いてゆきました。

菅野雪虫（すがの　ゆきむし）

1969年、福島県南相馬市生まれ。2002年、「橋の上の少年」で第36回北日本文学賞受賞。2005年、「ソニンと燕になった王子」で第46回講談社児童文学新人賞を受賞し、改題・加筆した『天山の巫女ソニン1　黄金の燕』でデビュー。同作品で第40回日本児童文学者協会新人賞を受賞した。「天山の巫女ソニン」シリーズ以外の著書に、『羽州ものがたり』（角川書店）、『女王さまがおまちかね』（ポプラ社）がある。ペンネームは、子どものころ好きだった、雪を呼ぶといわれる初冬に飛ぶ虫の名からつけた。

【主な参考書籍】
『アイヌ神謡集』知里幸惠・編訳（岩波文庫）
『アイヌ童話集』金田一京助、荒木田家寿・著（講談社文庫）
『アイヌの昔話―ひとつぶのサッチポロ』萱野茂・著（平凡社ライブラリー）
『カムイ・ユーカラ―アイヌ・ラッ・クル伝』山本多助・著（平凡社ライブラリー）

チポロ

2015年11月26日　第1刷発行
2022年8月1日　第4刷発行

著者……………………菅野雪虫《すがのゆきむし》
発行者　………………鈴木章一
発行所　………………株式会社講談社
〒112-8001
東京都文京区音羽2-12-21
電話　編集　03-5395-3535
販売　03-5395-3625
業務　03-5395-3615
印刷所　………………株式会社ＫＰＳプロダクツ
製本所　………………島田製本株式会社
本文データ制作……講談社デジタル製作

KODANSHA

N.D.C. 913　280p　20cm　ISBN978-4-06-219745-8

シリーズ　全7巻

ここが〝雪虫ファンタジー〟の原点。

落ちこぼれ巫女、がんばる！

三つの国を舞台に、
運命に翻弄されながらも、明るく、
自分ができることに最善を尽くすソニン。
人々と交わること、
セカイを知ることは、
こんなにもあったかい――。

一．黄金の燕

二．海の孔雀

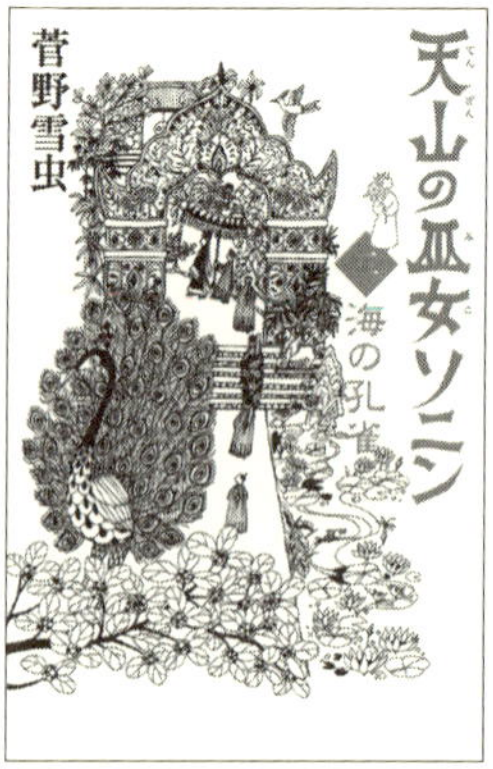

三．朱鳥の星

天山の巫女ソニン

四・夢の白鷺

五・大地の翼

巨山外伝　予言の娘

江南外伝　海竜の子

講談社文庫版は一巻から四巻まで発売中。

上橋菜穂子の本

獣の奏者

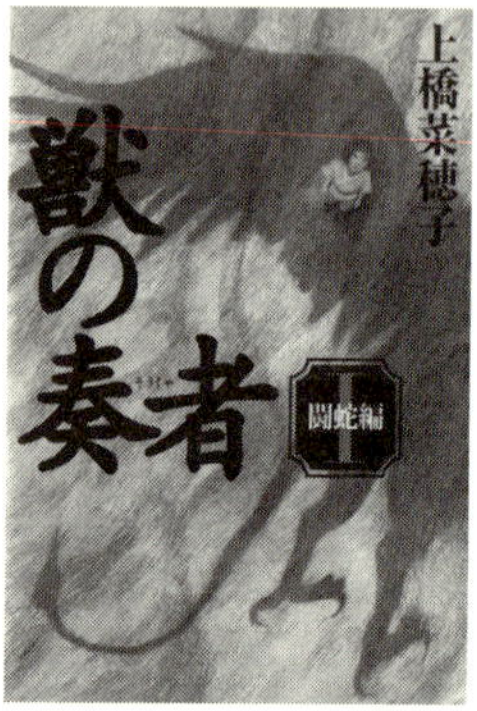

『獣の奏者　Ⅰ闘蛇編』

リョザ神王国。闘蛇村に暮らす少女エリンの幸せな日々は、闘蛇を死なせた罪に問われた母との別れを境に一転する。母の不思議な指笛によって死地を逃れ、蜂飼いのジョウンに救われて九死に一生を得たエリンは、母と同じ獣ノ医術師を目指すが――。苦難に立ち向かう少女の物語が、いまここに幕を開ける！

『獣の奏者　Ⅱ王獣編』

カザルム学舎で獣ノ医術を学び始めたエリンは、傷ついた王獣の子リランに出会う。決して人に馴れない、また馴らしてはいけない聖なる獣・王獣と心を通わせあう術を見いだしてしまったエリンは、やがて王国の命運を左右する戦いに巻き込まれていく――。新たなる時代を刻む、日本ファンタジー界の金字塔。

『獣の奏者　Ⅲ探求編』

愛する者と結ばれ、母となったエリン。ある村で起きた闘蛇の大量死の原因究明を命じられ、行き当たったのは、かつて母を死に追いやった禁忌の真相だった。多くの命を救うため、エリンは歴史に秘められた真実を求めて、過去の大災厄を生き延びた人々が今も住むという遥かな谷を目指すが……。

『獣の奏者　Ⅳ完結編』

闘蛇と王獣。秘められた多くの謎をみずからの手で解き明かす決心をしたエリンは、拒み続けてきた真王の命に従って王獣を増やし、一大部隊を築き上げる。過去の封印をひとつひとつ壊し、やがて闘蛇が地を覆い王獣が天を舞う時、伝説の大災厄がついにその正体を現す。大長編ファンタジー堂々の完結。

『獣の奏者　外伝　刹那』

イアルとエリンの同棲時代が書かれる「刹那」、エサルが若かりし頃を思い返す「秘め事」、息子ジェシの成長をかいまみる「はじめての…」の3編を収録。苛酷な運命を背負ったエリンは、女性として、母親として、いかに生きたのか。一日一日、その時を大切に生きる彼女らのいとおしい日々を描いた物語集。

お面屋たまよし
七重ノ祭

炎上する城から脱出し、約束の地・百蜂《ひゃくはち》ヶ《が》岳《たけ》を目指す藍姫《らんひめ》と七人の従者たち。追われる身の彼らが、面作《おもてつくり》師《し》見習いの太良《たいら》と甘楽《かんら》と出会うとき、新たな希望と絶望が訪れる。自分以外の誰かになれる特別な面、妖面《ようめん》がつむぎだす奇妙な縁を描いた、時代ファンタジー第４弾！

お面屋たまよし　七重ノ祭

石川宏千花／作　平沢下戸／画